Les Éditions du Boréal
4447, rue Saint-Denis
Montréal (Québec) H2J 2L2
www.editionsboreal.qc.ca

ESPÈCES

DU MÊME AUTEUR

La Mémoire de l'eau, roman, Leméac, 1992 ; Babel/Actes Sud, 1996.

Les Lettres chinoises, roman, Leméac, 1993 ; Actes Sud, 1999.

L'Ingratitude, roman, Leméac/Actes Sud, 1995.

Immobile, roman, Boréal/Actes Sud, 1998.

Le Champ dans la mer, roman, Boréal/Seuil, 2002.

Querelle d'un squelette avec son double, roman, Boréal/Seuil, 2003.

Quatre Mille Marches, essai, Boréal/Seuil, 2004.

Le Mangeur, roman, Boréal/Seuil, 2006.

Un enfant à ma porte, roman, Boréal/Seuil, 2008.

Ying Chen

ESPÈCES

roman

Boréal

© Les Éditions du Boréal 2010 pour le Canada
© Les Éditions du Seuil 2010 pour le reste du monde
Dépôt légal : 3ᵉ trimestre 2010
Bibliothèque et Archives nationales du Québec

Diffusion au Canada : Dimedia

Catalogage avant publication de Bibliothèque et Archives nationales
du Québec et Bibliothèque et Archives Canada
Chen, Ying, 1961-
    Espèces
    ISBN 978-2-7646-2037-3
    I. Titre.
PS8555.H444E76   2010   c843'.54   C2010-941086-6
PS9555.H444E76   2010
        ISBN PAPIER 978-2-7646-2037-3
        ISBN PDF 978-2-7646-3037-2
        ISBN ePUB 978-2-7646-4037-1

1

Aujourd'hui on ne me voit pas dans mon fauteuil.

On ne me trouve plus.

D'habitude, j'y restais aussi longtemps que possible, après des courses, avant que A. ne revienne du travail.

Je me figeais là comme une statue, une poupée, je m'y accrochais, tant le désintérêt de toute action, l'angoisse de rencontrer des gens, des regards surtout, mais aussi des paroles, la conscience de ma nullité et la peur de me ridiculiser davantage me paralysaient. Ce fauteuil m'était un support, un bateau, une branche ou une paille flottant dans le tourbillon du monde de A., dans cet océan de lumière, de bruits, de formes et de voix changeantes, insaisissables, et cependant les mêmes, ennuyeuses et inertes – cette contradiction, je ne saurais jamais la décrire comme il faut, jamais la comprendre, dans laquelle j'éprouve du vertige et je risque de suffoquer.

Enfin, je me suis découvert un refuge qui convient

mieux à ma nouvelle forme que je trouve plus gracieuse, plus souple, moins fragile et, pour une fois, plus volumineuse grâce à une abondance de poils gris noirs. Je suis aussi contente de ma couleur, assez neutre, pas très visible.

C'était une naissance, un pur hasard. Je n'ai rien eu à faire, pas eu l'occasion de choisir. Mais on ne choisit jamais rien. On reçoit et on assume, tout en ayant l'impression de choisir, de vouloir. Et me voilà revêtue d'une élégance discrète et pourtant nue.

Sans compter que, ayant complètement perdu la faculté du langage, désormais, non seulement je n'ai plus à me forcer à parler pour ne dire à peu près rien, pour me répéter ou citer les autres, mais encore je n'ai plus à subir la violence des argumentations des autres, plus besoin d'écouter les discours de A., d'admirer sa volubilité, de me sentir violée par sa puissance orale, de recevoir en pleine figure les paroles qu'il ne peut retenir en lui, qu'il déversait en moi à tout moment, plus librement qu'il ne pouvait faire avec sa semence. La plupart du temps, il s'agissait de son monologue et non pas d'une conversation avec moi, même quand je ne voulais rien savoir de sa journée. De son côté, il savait d'avance que je ne faisais pas grand usage de mon temps, même quand je l'écoutais à peine, en m'occupant des tâches ménagères.

– Excuse-moi, mais je vais devoir surveiller le poulet dans le four, après je devrai ranger la vaisselle et préparer la table, oui, oui, raconte… mais tu ne voudrais pas d'abord te détendre un peu, dans le calme, avant le repas ?

Sa journée de travail terminée, son cerveau souffrait de devoir s'arrêter tout net. Parfois je m'enfuyais dans la salle de bains pour y rester longtemps, jusqu'à ce qu'il oublie la suite de ses mots, qu'il laisse tomber les réussites et les peines du jour, que sa tête entre dans la phase de repos.

Les paroles qu'il crachait en rentrant à la maison occupaient mon espace mental puisque je n'étais pas sourde, empoisonnaient le silence, et m'empêchaient de respirer.

L'avantage de ma transformation est donc évident. Je suis devenue presque muette, pas du tout audiovisuelle. L'humanité est encore supportable pour nous les chats, parce que nous ne l'écoutons plus, nous la regardons à peine. A. ne peut plus me parler, ni me reprocher de me désintéresser de lui parce que je n'aime pas les paroles, aucune parole, pas seulement les siennes.

La fenêtre de la cuisine est laissée ouverte en permanence. Je peux donc entrer et sortir quand je le veux. Je préfère garder l'habitude de sortir le jour et rentrer le soir.

Je ne me suis fait aucun ami encore de mon espèce. Ils me chassent tous la plupart du temps.

Les hommes et les femmes en revanche me traitent mieux maintenant. La patronne de la pâtisserie d'en face, par exemple, s'est déjà courbée plusieurs fois durant la journée pour me caresser, mais je m'en suis éloignée pour la punir. Je n'ai pas oublié sa froideur et ses doutes envers moi lorsque j'étais la femme de A., lorsque j'étais moins « mignonne » que maintenant. Elle m'a même tendu une petite assiette avec un morceau de jambon que j'ai renversée d'un coup de patte en m'écartant. Je préfère courir trois rues plus loin où se trouve la poissonnerie. Là-bas on trouve toujours quelque chose de mangeable.

Après avoir contemplé ma nouvelle apparence devant le miroir, avec, je dois dire, un peu d'étonnement et aussi de fierté, je me mets sous la commode du vestibule, dans laquelle sont encore rangés mes manteaux d'hiver.

Hier, quand j'ai quitté la maison, j'y ai laissé mes habits qui étaient ma seule fortune. Plus importants que moi-même, me représentant et me remplaçant, les habits déterminaient l'aspect de mon corps en trichant, en étaient devenus l'extension, attiraient l'attention bien plus que moi, que mon corps, que mes paroles. Ils affectaient mes humeurs, me donnaient honte ou satisfaction, exerçant donc une influence sur mes rapports avec le monde, inventant ainsi ma nature qu'autrement je ne connais pas.

J'existe quand je m'habille.

C'est ce que, au téléphone, A. expliquera aux gens.

– Sans manteau et sans chaussures, ajoutera-t-il, la gorge serrée, je suppose.

Ce meuble est posé près de la porte du salon,

dans le corridor reliant toutes les pièces au rez-de-chaussée. En étirant prudemment le cou et en écrasant à plat mon menton sur le plancher, entre mes pattes tout à fait propres que je nettoie soigneusement avec ma langue, je peux ainsi observer les mouvements dans la maison entière. Je peux même voir, à travers des barreaux de l'escalier, les portes des chambres d'en haut.

2

A. rentre du travail avec, comme d'habitude, des paquets carrés et épais, remplis de documents à digérer pendant et après son repas, documents imprimés exprès pour qu'il puisse les traîner jusqu'au chevet comme des maîtresses successives.

Il s'arrête juste devant moi, pour poser son manteau et son chapeau, en jetant un coup d'œil dans le miroir, mesurant ainsi le degré de l'usure que la journée a pu exercer sur son visage, sur son corps entier, du dedans au dehors.

Ses talons me paraissent gigantesques. Pour la première fois je suis impressionnée par la taille de mon mari, devant ce corps qui, du jour au lendemain, me semble devenir démesurément grand.

En reconnaissant du fond du cœur sa supériorité et sa force en tant que mâle et humain, grâce à la loi de la relativité, j'éprouve une indicible satisfaction de ma petitesse plus concrète qu'avant, de ma vulnérabilité authentique et visible, de ma modestie sincère et innée, de mon évidente infériorité à l'échelle de l'évolution des espèces, à laquelle fait maintenant place ma féminité d'autrefois, cette douceur feinte et démodée, cette chose compliquée, de moins en moins saisissable pour un homme et aussi pour une femme, de moins en moins possible, cette imbécillité à la fois contestée et recherchée, à la fois rejetée et regrettée. Je me félicite de ma renaissance un peu décadente si on veut le croire, apparemment peu prometteuse, mais qui m'assurera, telle une récompense naturelle, j'en suis persuadée par l'expérience de mes autres vies, une capacité d'idolâtrer, un pouvoir de séduire, une possibilité de rendre A. plus viril, plus à son aise, plus amoureux, en le laissant triompher sur moi.

Pendant quelques instants A. s'immobilise, comme plongé brièvement dans une réflexion. Je devine son regard tourné vers le fauteuil vide où je restais habituellement du matin au soir, le seul espace réel où je me tenais sans crainte.

Les derniers mois de notre vie de couple étaient très difficiles. Tous les jours en rentrant, A. me voyait de dos seulement, assise sur le fauteuil. Je ne me levais plus pour l'accueillir, pour demander « Comment était la journée ? » sans attendre de réponse. Je n'avais plus la force de faire cela, de m'en tenir au rituel, à la formalité.

Depuis le départ de l'enfant dont A. ne veut plus entendre parler, la secrétaire a laissé plusieurs messages sur notre répondeur, tous concernant le travail bien entendu, nécessitant les rappels immédiats de A.

Il se passe des choses dans cette maison comme dans les autres, me suis-je dit, c'est bien, c'est normal, mais je n'arrive pas à les relier les unes aux autres ni à les fixer sur un même plan, dans une même durée, dans une même vie.

La silhouette de l'enfant flottait devant moi et la voix de l'inconnue, que A. probablement voit quotidiennement au travail, résonnait à mes oreilles, de façon à la fois précise et lointaine, comme rencontrées dans une œuvre, dans un rêve. La silhouette de l'enfant et la voix de la femme, avec l'image de A. allant au travail avec son cartable sous le bras, se présentaient à moi avec le rythme des vagues parfois violentes d'autres fois presque inexistantes, m'endormaient.

Alors, A. se tenait là un moment avant de monter déposer ses paquets et se changer. Nous n'avions plus rien à nous dire. Nous nous regardions. C'était plutôt lui qui me regardait, m'examinait, pendant que j'avais le dos tourné.

— Comment tu te sens aujourd'hui ?

Une question de routine pour une patiente.

— Bien. Et toi ?

Il me quittait sans répondre.

En ce moment ce fauteuil inhabité doit ressembler à une carcasse sombre et osseuse à l'heure du coucher. Devant mes yeux, les jambes de A. s'inclinent légèrement. J'imagine son visage assombri par une inquiétude qu'il a pu à peine refouler dans le fond de son ventre durant le jour mais qui lui remonte dès qu'il rentre chez lui.

Depuis longtemps déjà, A. ne savait que dire ni que faire de ma présence dans le salon et dans cette maison. Il ressentait une lassitude semblable à celle qu'il avait envers certains de nos meubles. Ils étaient devenus encombrants, après que ses parents, de moins en moins autonomes, voulant simplifier la vie et étant prêts à entrer dans une résidence médicalisée, lui avaient légué les leurs. Les nôtres sont encore là, intacts, et s'intègrent même merveilleusement bien aux nouveaux arrivants, mais A. préfère ceux de ses parents au goût vieillot, qui portent le souvenir de son enfance, de sa vie sans moi.

Cependant, après plus d'une décennie de vie en famille, nous nous sommes habitués l'un à l'autre comme nous le sommes aux meubles, au point que l'absence de l'un peut tout de même surprendre l'autre et lui causer de l'angoisse.

Depuis notre mariage, il a eu beaucoup de cheveux blancs. Je le sens arriver à un âge ambigu, emporté vers un temps assez ancien, précisément lorsque, toujours à distance, il se met à contempler ce fauteuil.

A. le trouve douteux, ce fauteuil, il ose rarement le toucher. Il a sans doute l'impression que ce meuble le domine, qu'il est plus permanent que lui. Il l'imagine dehors, en plein air, comme dans un tableau, au soleil, seul, et son ombre silencieuse dans le sol poussiéreux émet un message qui le dépasse, vibre d'une vie future

16

que lui ne possédera pas.

Il est fort possible que les squelettes et les crânes qu'il accumule, ce peuple mort et en débris auquel je crois appartenir et dont A. s'entoure, qu'il manipule avec ses mains et ses pensées et qu'il met partout, aux endroits de son travail et aussi dans cette maison, cette masse sans identité bien claire, aux origines perdues, mais méthodiquement étiquetée, vitrée parfois dans son laboratoire, exposée sur sa bibliothèque, ou enfouie sous la table, dans les tiroirs, puisse exercer sur lui une influence.

Peut-être les fantômes des autres temps, afin de renaître, sont-ils en train de lui sucer la cervelle, de lui voler sa vie, de se nourrir de son énergie d'homme mûr, d'abuser son désir d'éternité et sa peur de mourir.

N'est-ce pas que la renaissance des morts se fait au prix des vivants, de la jeunesse, de la force nouvelle, de la vraie relève ? Le retour des défunts coïncide avec la fin du monde, ou du moins la fin d'une époque.

Or voici le souhait de A. : une continuation, une mémoire, une tradition, un sens, une logique. Il conçoit la vie comme une chronologie, une suite.

Il sait bien qu'il a peu à faire pour la génération prochaine. Il n'aime pas la vie naissante, la force vitale ignorant ce qui est derrière elle, représentée par exemple par ses jeunes étudiants. Il plonge dans sa collection et ne peut plus s'en sortir.

Je fais moi aussi partie de sa collection. Je le poursuis, ne le quitterai plus.

Je le hante même quand je quitte mon corps, quand je ne suis pas là, quand je renonce à ma citoyenneté du monde, quand je démissionne de mon poste d'épouse, même en restant humblement accroupie sous une commode, dans ma nouvelle forme. Il se peut qu'il y ait non seulement une interaction entre les objets et les êtres, entre A. et le fauteuil, mais aussi une interaction entre les existences de tout ordre, entre les espèces, entre A. et moi.

3

Comme découragé soudain, ou réveillé en sursaut, il laisse tomber par terre son cartable en cuir noir et ses paquets, de façon à former entre lui et moi une montagne de feuilles tel un obstacle insurmontable, à créer autour de moi une barrière triste limitant gravement mon champ de vision.

Il laisse le désordre et s'en va directement vers la cuisine. Il ressent un besoin urgent de se nourrir, de se fortifier, pour ne pas tomber.

Je l'entends claquer la porte du frigo. Il n'y a pas grand-chose dedans. Quelques jours avant de disparaître, j'ai même cessé de faire des courses.

A. est très mécontent de ce comportement irresponsable de ma part. Mon départ lui semble maintenant prémédité. Une fuite. Une trahison.

Il se rappelle alors comment nous avons perdu notre garçon.

Ils se ressemblent, la femme et l'enfant, se dirait-il.

Là-dessus son esprit se tient un moment, perplexe

et inquiet. Peut-être la mère est-elle bien la mère, et le fils est-il bien le fils, pense-t-il.

Mais il n'y voit plus d'importance. Tout cela a été une comédie. Alors il n'y songe plus.

Il veut que son repas soit prêt en quelques minutes, aussi vite que si j'étais encore là à cuisiner pour lui et que je n'avais qu'à réchauffer les plats et à mettre la table quand il rentre, comme du temps de notre vie commune, du temps de ce qu'il appelle « une comédie ».

Il se nourrit mal quand il est seul. Il se fait un sandwich, le même qu'à midi. Ensuite, je le sais, les verres et les assiettes s'entrechoquent. Le bruit est inévitable.

Il me réveillait souvent ainsi de mes longues siestes. C'était un reproche muet mais bruyant envers un élève distrait, une esclave paresseuse.

Aujourd'hui ce bruit me semble atteindre une ampleur inouïe, son retentissement cause dans mes oreilles, devenues sans doute dix fois plus sensibles qu'auparavant, une tension au-delà du soutenable, à tel point que les humeurs de A. désormais passent à mes yeux pour des tonnerres de dieux. Je ne sais si je dois m'y soumettre en me collant au sol ou si je dois m'enfuir.

Seule la fenêtre de la cuisine est entrouverte.

Je tente un petit bond vers la cuisine, mais je trébuche sur un cahier.

Il m'est impossible de sortir par la fenêtre sans que A. m'aperçoive.

Et brusquement, A. se tourne vers le corridor. Il a entendu quelque chose, senti une présence.

Je suis bien obligée de reculer sous la commode, mes poils se hérissent et mon dos se cabre malgré moi, mon ventre se plaque sur le plancher froid, j'ai terriblement peur d'être vue et reconnue, mais en même temps excitée à l'idée d'apparaître devant lui sous ma nouvelle forme et de le dérouter. La clandestinité ne peut durer longtemps. Il me faudra bien le rencontrer tôt ou tard.

Il éteint la lampe du bureau vers minuit. Dans la soirée il a décroché le téléphone une fois, et il a vite raccroché sans dire un mot, peut-être sans même composer un numéro complet.

Je n'ai pas de parents ni d'amis proches dans cette ville, chez qui je pourrais et voudrais me rendre et auprès desquels il pourrait se renseigner. En réfléchissant bien, A. comprend que je ne le quitterais pas comme cela. Je ne peux m'enfuir nulle part. Notre enfant ne savait pas qu'il mettait sa vie en danger en quittant la maison. Bonne ou mauvaise, avec ou sans amour, une maison est une maison. Et je suis assez intelligente pour ne pas commettre la même bêtise. Sans profession et sans origines, j'ai à peu près le même statut qu'un enfant. A. sait aussi que bien des choses de ce monde me sont égales, que je ne veux rien entreprendre dans cette vie, je ne cherche pas à l'améliorer. Les combats m'effraient. Les conflits aussi. Je n'ai pas de muscles, pas assez de sang, et je suis bien consciente de ma constitution, de mes limites, de ma condition. Il me faudrait me contenter d'une petite vie, d'une vie minuscule, invisible, inestimable, sans luxe ni prestige bien entendu, une vie de presque rien. Il faudrait que je vive de l'air seulement, comme le font des fantômes.

Lorsque A. se met à considérer tout cela tranquillement, sans colère, sans ressentiment, dans la nuit qui suit ma disparition, où pour la première fois depuis notre mariage je suis absente, la situation commence à sérieusement l'inquiéter. Mais il pense sans doute qu'il est encore trop tôt pour alerter la police et faire face aux intrusions humiliantes d'une tierce partie brutale et inculte dans son foyer, dans son intimité.

Il descend vérifier les feux dans la cuisine, il entre même jeter un coup d'œil dans la chambre d'enfant depuis longtemps inhabitée, délaissée et évitée, puis il remonte à l'étage.

Je le suis.

Un croissant de lune est apparu.

Je suis une ombre filante dans l'escalier menant à notre univers intime. A. semble sentir quelque chose dans l'escalier, regarde derrière lui mais ne voit rien.

Il va au lit en se couvrant presque totalement, et en laissant la porte ouverte. Comme s'il m'espérait.

Ou bien il doit avoir peur. Non seulement il commence à envisager le type d'ennuis qui l'attendent, qu'il a déjà subis lors du départ de l'enfant, rendus d'autant plus graves par cet antécédent, par cette autre fuite tout aussi inexplicable et irrésolue, par le caractère répétitif du cas, mais encore il redoute superstitieusement une apparition probable, une présence inconnue chez lui, qu'il ne pourra expliquer à ceux qui viendront l'investiguer.

Ce ne sera pas le moment, il lui sera toujours impossible d'exprimer son doute perpétuel et secret quant à la nature mystérieuse de mon être, de ma « différence ». Dans un incident aussi extrême, dans une situation aussi violente, personne ne l'écoutera plus. On doutera même de sa santé mentale.

A. choisit de qualifier joliment les handicapés mentaux, les délinquants et les dérapés de gens « différents », de gens « spéciaux », de gens aux qualités et aux talents méconnus et inexplorés, de la même manière que ses parents qualifient les étrangers publiquement. On se demande alors pourquoi lui-même, il ne les accueillerait pas, ces êtres si délicieux, si précieux, sous son propre toit, avec joie et spontanéité. Il aurait pu fièrement les inscrire dans son registre familial, tant son amour et son appréciation semblent grands envers ces infortunés.

Son indignation contre l'injustice sociale n'a donc aucun effet sur sa vie privée. Il préfère de loin les crânes vides et séchés aux cerveaux en panne, les squelettes aux créatures vivantes de posture indigne et de paroles déroutantes. Et même mariée je ne suis pas dans le cahier généalogique de la famille de A.

Je ne le regrette point, je n'en tiens aucune rigueur,

non parce que je méprise sa famille et ses origines – je n'en ai pas vraiment de raisons particulières –, mais parce que, s'il m'arrive d'emprunter, ne serait-ce qu'en un instant, au milieu d'une longue journée oisive ou d'une promenade dans des rues de notre ville bien organisée, ou d'une nuit sans sommeil rôdant dans notre jardin, la place et ou la perspective – pourquoi pas – d'un oiseau, d'une feuille d'arbre, d'une étoile filante, d'une goutte d'eau, d'un grain de sable, de toute intelligence vivante ou inerte, je trouverais plutôt risible le sérieux de A. vis-à-vis des liens familiaux, ancestraux, linguistiques, communautaires et nationaux.

Je trouve qu'il gaspille sa vie dans son métier, tant le fondement en est de croire en une certaine continuité de la vie, qui n'existe pas en dehors du temps humain, pas pour moi, par exemple, ni en tant que femme, ni en tant qu'espèce domestiquée.

Ce n'est pas tellement le travail en soi que je dédaigne. Comme je n'ai rien contre la course d'une fourmi ou le tourbillonnement d'un moustique, je n'ai rien contre l'affairement de A. Il en a besoin. Tout mouvement et toute occupation, corporels ou cérébraux, grâce à leur nature ascétique, dictée par une force vitale, même parfois impulsive et aveugle, me semblent bénéfiques et capables d'apaiser des âmes affolées et affolantes.

Ce qui me révolte est l'objectif du mouvement et de l'action, son ambition et sa prétention. Ce n'est pas l'application dans le travail mais bien l'attachement au résultat qui me semble annuler la vraie signification du travail qu'est l'inutilisable occupation dans le passage du temps.

Pour être tout à fait franche, ce à quoi mon mari tient le plus fort n'a pas de valeur à mes yeux.

A. le sait et se sent profondément blessé dans son orgueil de mâle. Je ne suis plus une femme, il ne peut plus me désirer, à partir du moment où je questionne ses convictions. Sa masculinité est ébranlée dès que je cesse de le flatter, de l'admirer, de l'approuver, de prendre son parti. Pour cela, puisqu'il ne peut pas me provoquer en duel, ni me chasser de chez lui sans risquer un partage des biens qui lui serait défavorable, il a divorcé en pensée et dans les faits.

4

Mais ce soir, en observant de loin les parties intimes de A. qui ne dorment pas et qui s'agitent sous la couverture, je vois, pour ne pas dire que je le sens, puisqu'il est également en moi et que je crois le lui communiquer par une voie invisible, le désir monter malgré lui dans le corps de cet homme pourtant tourmenté par beaucoup de choses, effrayé par des dangers imminents à cause de moi, dans cette nuit de solitude soudaine, où il pense à moi comme il ne l'a pas fait depuis longtemps.

Je ne suis plus un décor permanent, une présence dissidente néanmoins prévisible, offerte, une inconnue étrange et parfois répulsive qu'on garde chez soi par lâcheté. Maintenant je deviens un manque, un mystère, un caprice, une source de déséquilibre et d'excès, ou peut-être la cause de sa perte.

Il semble éprouver une jouissance nouvelle, proche de celle d'un condamné à vie, s'imaginant perdu entre les mains d'une méchante, tel un héros des anciens temps, perdu par sa propre erreur de jugement à mon égard, à cause de la mobilité de l'apparence et de celle du fond, affectant vision et sensation, sa faiblesse classique et compréhensible, celle d'un homme piégé par une femme.

J'ai envie d'aller me mettre timidement au bout de ses pieds, espérant qu'il me laissera faire comme cela va de soi, sans étonnement ni grande joie, sans bouger le corps ni ouvrir les yeux, un peu de la façon dont autrefois il était descendu du train en me prenant la main, voulant me conduire vers sa maison, de la façon dont il avait accueilli notre enfant, en suivant les indications du moment présent seulement, sans penser aux conséquences, au lendemain, sans crainte ni calcul, sans pensée, dans le confort du détachement, de la banalisation, de l'acceptation, de l'abandon de soi, comme à demi fini, comme mort à l'essai, comme de nouveau vivant.

Je pourrais aussi aller sous le lit pour lui tenir compagnie, pour mieux sentir son souffle et son poids. Mais je n'ose pas encore trop m'approcher. Je m'étends alors sur le plancher en bois dur en dehors de la chambre, contre la rampe de l'escalier, regrettant déjà la souplesse ferme d'un matelas, la chaleur et la douceur des draps et de la couverture dont le souvenir m'est pénible.

Après une journée de course dans la ville – ma nouvelle vitesse m'a grandement étonnée et réjouie, m'a fait me croire libre et forte – le sommeil m'envahit vite, je crains qu'un ronronnement m'échappe et qu'A. puisse me remarquer. Je l'entends tourner.

Alors je me redresse, après quelques secondes de réflexion, je décide de dormir en me tenant à quatre pattes.

C'est la première fois depuis notre mariage que je m'absente de notre chambre le soir, sans le prévenir, sans prétexte. Il va sans doute veiller pendant des heures, en mon honneur, en mon souvenir, voulant me comprendre, se culpabilisant même pour ne pas m'avoir aimée, pour ne pas m'avoir acceptée telle que j'étais. Il n'a pas encore eu le temps de penser à une vie sans moi.

La femme au téléphone semble gentille, mais rien n'est certain, aucune relation n'est sûre, personne n'est vraiment connaissable. Les problèmes surviennent dès qu'on envisage de consommer un désir, de réaliser une ambition. La mort montre ses dents dès qu'on s'approche de la vie.

En ce moment A. ne peut même pas envisager sa vie de demain. Il semble qu'il doive renoncer à ses routines de travail et rester chez lui. Il téléphonera. Il attendra. Puis, on sonnera à sa porte, sans rendez-vous précis. Il devra s'empresser d'ouvrir, et afficher une modestie dont il n'a pas l'habitude.

Non, ce ne sera pas une intrusion. Ces gens en uniforme seront en droit d'entrer, d'aller dans toutes les pièces et d'ouvrir tous les tiroirs, comme en pleine révolution. Ils sont forts parce qu'ils parlent fort. Il risque d'être soupçonné et considéré comme un ennemi public, ensuite emprisonné pour meurtre, faute de pouvoir expliquer ma disparition ou prouver son innocence à ces policiers, à ces personnes sans éducation, entraînées comme soldats, comme chiens de fouille, normalisées et normalisant, fabriquées comme des pièces métalliques, faisant partie d'une machine, sans finesse aucune ou sans disposition honnête à comprendre sa situation, à ne pas l'aggraver par leur intervention. Car elle ne peut qu'être incompétente, ils le savent bien, sans l'avouer, par les multiples erreurs commises et échecs essuyés au cours de leur carrière généralement longue. Parce qu'une fois commencé, ce métier les accompagnera toute la vie, nécessitant peu d'apprentissage et de renouvellement. La rudesse innée ou cultivée dans le travail ne leur permet plus d'aller ailleurs, de traiter des affaires moins louches et moins sinistres, plus gaies et plus positives.

Trop inattentif envers moi ces derniers temps, A. ne saura même pas reconstituer les derniers jours de mon existence chez lui, auprès de lui. Il se rappellera à peine les vêtements que je portais, les plats que je cuisinais, les parfums que je mettais, les paroles que je prononçais, sans parler des pensées que j'avais.

– Les pensées ne comptent jamais, lui apprendront des gens en uniforme, seuls les faits et les actes importent.

A. aura du mal à prouver qu'il a vraiment vécu avec moi. On le questionnera longuement sur sa relation avec moi, sur les personnes qu'il fréquente, se réservant le droit d'enquêter tout autant sur elles, un à un, une à une, et sur tous les aspects de sa vie privée, brisant ses barrières ultimes, les réduisant en miettes, marchant dessus.

Le lieu de son travail sera aussi averti. Tous seront appelés à être vigilants et à dénoncer cet homme suspect s'ils ont le moindre doute. A. verra une tristesse et une gêne dans les yeux des collègues qu'il croisera, quand ce ne sera pas une dureté. Quelques étudiants le regarderont bizarrement en chuchotant.

Et quand il rentrera, un voisin lui demandera de réparer une haie commune. Le téléphone sonnera, un inconnu qui connaîtra son nom voudra lui vendre quelque chose et parviendra à le mettre hors de lui.

Cet homme deviendra un arbre blessé que les insectes de toutes sortes désormais oseront aborder et attaquer, dont ils suceront la sève et saliront la peau de leur salive nocive, dans lequel ils se permettront, sans scrupule et sans respect, de se nicher, de parasiter, d'élargir leur terrain pouce par pouce, jusqu'aux racines, jusqu'au bout, jusqu'à la fin, en vainqueurs.

5

Je me réveille peu de temps après.

La lune s'est cachée derrière le toit. Les étoiles brillent.

Je me lève tout de suite. Je regrette d'avoir auparavant dormi autant dans la nuit. Cela me paraît maintenant le pire gaspillage de la vie. Je vois extraordinairement bien dans la noirceur et la nuit semble aussi bruyante que le jour. L'obscurité et le calme, il n'y en a pas vraiment, ce ne sont encore que des idées.

Ce sont les idées justement qui m'ont tuée. En toutes circonstances, A. et les autres cherchent à classer, catégoriser, différencier, distinguer, séparer, schématiser, qualifier, référencer, tout diviser en morceaux. Le monde est ainsi réduit en miettes, je suis étouffée à en mourir, mais leur ego, ce ballon en papier, cette bulle de savon est soufflée et a grandi au point d'exploser. En bas, au ras du sol, dans les ruines de mon existence, dans la posture d'une chatte civilisée, je vois des tonnes de papier en poudre, une pluie de bulles éclatées. Cimetières de plus en plus vastes, écoles de moins en moins grandes, noms oubliés, histoires dédaignées. Et la superposition des voix et le défilement incessant des images. Dans le présent. Toujours que le présent.

Où trouve-t-on d'ailleurs l'obscurité et le calme? Il y a toujours une lampe ici et là. Il y a toujours une voiture qui roule. Depuis hier, je vois peu de différence entre le jour et la nuit. La succession des jours devient moins évidente. Le temps est difficile à mesurer. Je le croirais même inexistant. Si j'en ai encore la connaissance ou bien si j'ai encore le souvenir de cette connaissance, je n'éprouve plus une sensation forte du temps qui coule, du temps qui se perd, du temps à gagner, du temps qu'on accorde comme un bien, du temps qui se conserve, du temps à dépenser, du temps à venir.

Ma vie d'aujourd'hui se mesure autrement, peut-être par une succession de petits instants qui s'éteignent ou se prolongent, sans cohérence et sans but, sans paroles et sans joie, me permettant de sentir seulement le confort et la douleur physiques, de ne suivre que la loi de la vie et de la mort, de reconnaître la seule distanciation possible, par la forme subalterne où je me retrouve aujourd'hui face à l'humanité que j'ai quittée.

Et cette vie sans mesure me fait presque croire à l'annulation de toute forme, au néant égalitaire, sinon à la naissance de nouvelles formes imposant de nouveaux rapports de force.

Je marche, je m'assois et je dors un peu comme

avant. J'effectue des mouvements, sauts et courses un peu comme avant. A pied ou à quatre pattes, cela n'a pas d'importance. Mais je joue beaucoup. Voilà le plus grand avantage que m'apporte ma nouvelle naissance. Je suis adulte, mais je joue encore et pour toujours. Car c'est cela le seul objectif d'une vie de chat. Chaque jour n'est pas une fête, mais chaque jour est un jour de vacances.

En ce moment, me nourrir est un problème. A. ne laisse rien sur le comptoir ni sur la table. Le plancher est trop propre.

A peine l'ai-je quitté, surgit déjà chez lui le symptôme du vieux célibat. Le désordre a envahi les placards, mais sans rien laisser au hasard dans les endroits visibles. Je suis obligée d'aller vers des poubelles – celles de la pâtisserie d'en face sont prometteuses.

Et je fais mes besoins dans les magnifiques jardins des autres. Quand même pas dans le mien, dans celui de A., dans le nôtre, ce jardin rêvé que je n'ai jamais pu réussir. Voilà tout ce qui me reste du sens du territoire. L'un des derniers instincts, tant social et politique qu'économique, que j'ai encore en commun avec A., en tant que mammifère. Mes instincts prétendument humains, en quittant leur camp, j'ai l'impression de les garder et de les endurer plus longtemps que je ne le voudrais, plus longtemps que les grandes idées que m'a apprises A., les bons sentiments qui me sont imposés de toute part. Des années d'éducation ne valent rien. Je suis faite d'instincts. Ils me collent à la peau, courent dans mes veines, s'installent fermement au fond de mes entrailles. J'ai du mal à m'en débarrasser même après une transformation aussi radicale. Je devine maintenant pourquoi les instincts les plus bas, toujours mieux que les croyances les plus hautes, sont facilement promus à l'échelle de la raison et de la loi, et sans cesse justifiés, éhontés, embellis, codés, légitimés et tolérés.

Mon esprit traîne encore dans le monde de A. où dominent les humains. Je parviens encore à regarder les choses de leur point de vue. Je les comprends. Du moins je l'essaie. Qu'ils interprètent les choses à leur gré, à leur convenance, qu'ils inventent leur monde par leur regard, leurs intentions et leurs croyances, ce n'est pas mon affaire, ils sont libres de chanter ce qu'ils veulent. Il suffit qu'ils s'abstiennent de me vanter leurs vérités comme universelles et éternelles, leur connaissance du monde comme ultime et prophétique, obtenue par une méthode quelconque, scientifique ou mystique. C'est là que normalement je décroche.

Avant, chaque fois que A. essayait de tisser une histoire cohérente, je perdais patience. Maintenant je ne l'écouterai pas davantage. Je pourrai sortir par la fenêtre avant même qu'il ne débute un discours.

Or, depuis hier tout est devenu compliqué pour moi, surtout à cause de mes yeux. Tout à coup, notre maison me paraît grande et ressemble à une montagne. Et en même temps elle est tout à fait accessible. Je peux monter sur le toit quand je le veux. Je suis parfois au pied de montagnes de briques, coincée dans le labyrinthe profond et souvent malodorant qu'est devenue pour moi la ville de A. – je ne l'aurais pas épousé, j'aurais refusé de le suivre si j'avais auparavant rampé au ras du sol dans cette ville et goûté sa réalité en profondeur – d'autres fois quand je saute d'un toit à l'autre, j'ai l'agréable illusion de me trouver au-dessus du monde, des maîtres, des nourritures, des parades de toutes sortes, de pouvoir me nourrir seulement d'air, de flotter, faute de voler, hors de l'existence, mais vivante. Vraiment, respirer devient un plaisir quand on est sur un toit.

Mais comment manger décemment quand on n'est plus humain et que la forêt est loin ?

En me promenant dans les jardins des voisins, je me suis aperçue de la présence d'autres mondes parallèles que je ne voyais pas autrefois. Par exemple encore, il existe, dans notre rue calme, sous-peuplée et d'apparence oisive, un univers de fourmis épouvantablement populeux, avec son système hiérarchique aussi développé que celui des humains, mais sans révolte et sans hypocrisie. Bien qu'elles aient besoin de millions d'années d'évolution, peut-être, et encore de siècles de lutte pour pouvoir monter à la surface et défier le monde de A., leur nombre me fait peur. Non seulement je les ai vues, mais encore je les ai entendues, leur bourdonnement continuel fait penser à l'avancée d'une immense armée vers le monde de A. qui en est encore inconscient. Je suis perturbée par ce type de choses.

Cette perturbation sera chaque jour plus grande, plus pénible et irréconciliable, au fur et à mesure que je vis à l'intérieur de moi la lutte des deux espèces, ainsi qu'un combat entre deux cellules pendant la pénible marche évolutionnaire et sans merci, jusqu'à ce que je perde la faculté de raisonner et la connaissance du temps, que mon regard devienne complètement méditatif, que le monde n'ait plus d'histoire malgré les événements, jusqu'à ce que je devienne une vraie chatte.

Peut-être cela ne se serait-il jamais produit de mon vivant. Je suis devenue ce que je suis maintenant plutôt par accident, plutôt pour la forme. Il est vrai que j'ai mille fois voulu quitter A. tout doucement, j'ai souhaité le quitter tout en restant proche de lui. Mais qui aurait pu imaginer une chose pareille? Les changements miraculeux paraissent suspects. Les contes fantastiques sont bons pour les esprits mineurs. Je ne crois à aucune véritable métamorphose. Ce scepticisme, dans la situation particulière où je me trouve, me cause d'autant plus d'inconfort et d'inquiétude.

6

Je me rends compte que, grâce à une faculté de raisonnement à vrai dire pitoyable, par une sorte d'automatisme, un réflexe de complaisance à l'égard des humains, je suis en train d'agir comme le porte-parole des chats de notre quartier, comme si c'était la chose la plus naturelle à faire, que j'avais toujours été des leurs, que j'avais vraiment un peuple. Il me faudra bien me ranger quelque part. Je n'ai qu'à me précipiter dans mon rang, à recevoir une nouvelle identification. Tout le monde n'en a pas une, d'identification. Dire que j'ai bien eu de la chance.

Ce pourrait être pire. J'aurais pu devenir une fourmi esclave, pourquoi pas, dont l'existence ne compte guère pour A. Tout est hasard. Tout est possible. Un enfant humain aurait pu me torturer. La reine aurait pu me manger. Comparée à celle des fourmis, ma vie est assez bonne. Je suis contente de vivre à la surface, de pouvoir recevoir des rayons de soleil tout doux sur mes poils. Les squelettes dans la cave voudraient sans doute monter eux aussi.

Mon espèce a, de plus, le privilège de ne pas avoir à travailler pour se maintenir. Nous vivons même mieux que nos maîtres. Nous ne faisons rien d'autre que manger, dormir et jouer. Nous désirons tout mais n'exigeons rien. Notre enfance dure éternellement. Nous ne connaissons même pas la durée ni la rupture temporelle. Nous sommes enfants jour après jour. Le temps est une idée qui nous est étrangère. Nous n'avons pas d'idées, nous ne pensons pas. Le passé et le futur sont des mots qui ne nous disent rien. Nous avons oublié nos parents, nous n'avons rien en commun avec nos enfants, nous sommes francs avec nos alliés et nos ennemis, nous ne connaissons pas d'ami.

Nos ancêtres sont énormes et féroces, nous dit-on, mais nous n'en tirons pas du tout de fierté. Nous sommes complètement indifférents face à leur gloire et à leur défaite. L'histoire est une fabrication, j'ai vu de mes propres yeux comment mon mari archéologue participe à ce qui n'est qu'un rêve collectif – il joue avec un jeu de Lego dont des pièces sont manquantes. Nous, en revanche, ne reconnaissons aucun héritage. L'éducation de nos rejetons se limite à la technique de la chasse, pratiquée dans le jeu. Nous n'avons rien à léguer. Nos ancêtres sont, déjà, d'une espèce différente, même si, curieusement, ils sont encore nos contemporains. Il serait ridicule et honteux de penser à la grandeur solitaire d'un tigre hurlant dans la jungle et dévorant un cheval vivant, lorsque nous menons notre petite vie douillette dans le jardin de notre protecteur, dénichant des vers et courant après des papillons.

Nous sommes sincèrement contents d'être petits, soumis, raffinés et sans importance. Nous ne le sommes pas devenus. Nous sommes nés ainsi, conformément à la nécessité des temps modernes.

En particulier, nous sommes fiers de prendre la place des femmes au foyer, des femmes mariées et domestiquées. De les remplacer, ces révoltées, ces imbéciles, ces orgueilleuses. Elles ne savent pas ce qu'elles perdent. Ce qu'elles perdent est précisément ce dont elles rêvent toutes en secret : la liberté, l'oisiveté, une existence sans temps, une vie sans effort, sans lutte. On perd tout, et on ne gagne jamais plus que ce qu'on perd, quand on oublie la vertu du contentement. Nous, en revanche, nous avons gagné beaucoup avec rien. Il nous suffit de miauler de temps à autre et de lécher un peu les pieds de notre maître, et notre vie est faite, sans compter les substances de vie garanties, la nourriture, les médicaments et le gîte, les soins vétérinaires que sans doute on voudra prochainement rendre universellement gratuits, tout cela n'est pas à négliger, tout cela qui fera même envie aux humains qui n'ont pas tous notre chance.

Nous sommes aussi heureux de remplacer les bébés qui – quels imbéciles ! – ont besoin de couches pendant des mois, de remplacer les grands enfants qui, quels ingrats, quels monstres, partent prendre l'air en abandonnant derrière eux leurs parents vieillis, affaiblis, mourant à force de les avoir élevés pendant une décennie et plus de leur courte vie faite de labeur et de soucis. Nous devenons nous-mêmes des enfants, nous entrons dans des familles nous ayant choisis et adoptés afin de déverser sur nous leur affection certes bon marché, de tromper leur solitude, de vivre une expérience d'attachement sans responsabilité, sans peine, sans sacrifice et donc sans rancœur.

Nous n'avons pas d'enfant, disent-ils, mais nous avons un chat.

Nous sommes presque des enfants d'humains, notre nombre égalera celui des enfants et le dépassera même, ce n'est pas rien, cela ! C'est un succès de notre espèce. Ce sera peut-être un fait historique plutôt affolant pour les futurs archéologues : les géants de la forêt sauvage, en se réduisant la taille, deviennent un jour les semi-enfants des humains souverains, ainsi la grandeur des chats se perpétue-t-elle.

Nous sommes leurs objets d'amour et leurs compagnons de prédilection parce que nous ne pensons pas. Nous ne nous disputons jamais avec nos maîtres, si peu qu'on connaisse leur langage, si indépendants et profondément éloignés qu'on soit de leur monde malgré tout.

7

Il m'est difficile de penser en vivant, de vivre en pensant. Les heures où A. se plongeait dans ses livres et dans ses papiers, c'était un temps mort pour notre couple.

Au début de notre vie commune, dès qu'il rentrait, dès qu'il me voyait, il commençait par me dire combien il m'aimait, me demander comment avait été ma journée, mais ce n'était qu'un prélude, une formalité, un prétexte, car tout de suite après il se mettait à me raconter sa journée de travail, en détails, heure par heure, énumérant tous les noms des personnes rencontrées, tous les courriers et messages reçus, toutes les anecdotes du bureau qu'il croyait intéressantes pour moi, utiles à remplir ma vie monotone passée au foyer, ma vie déroulée en son absence, ma vie insignifiante et gaspillée. Cela durait au moins une bonne heure avant qu'on puisse passer à autre chose.

Je parlais peu de mes activités, par discrétion, par modestie, par souci de distance et par sens critique envers mes préoccupations. Mais aussi par peur, car si je disais deux mots sur la patronne de la pâtisserie ou sur un coup de téléphone de sa mère, cela lui ferait croire à mon accord ou même à mon envie de communiquer, d'échanger, de converser avec lui et sans doute aussi d'apprendre de lui. Je lui donnerais alors droit à un discours encore plus minutieusement long. Je risquerais de le relancer dans le récit de sa vie professionnelle, je commettrais l'erreur de lui faire reprendre le chemin du travail, à la fin de la journée, au moment même où il devrait le quitter. Le dérouter ainsi davantage de la petite vie familiale. Le repousser dans la direction opposée, vers une existence loin de moi, loin de tout ce qui n'est pas pensé et qui ne pense pas. Le replonger dans une semi-vie, aliénante et autistique, qui le retiendrait tout entier.

Alors le repas aurait complètement refroidi, A. aurait trop faim et serait trop fatigué pour terminer ses discours sur un ton optimiste, avec une mine joyeuse, le cœur gai. Nous passerions à table en silence, n'ayant plus rien à nous dire, n'appréciant guère ce qu'il y a dans l'assiette.

Il y a quelques mois, sans que j'en connaisse encore la raison, en même temps que ma vue se détériorait, mes oreilles étaient devenues très sensibles. Les bruits ordinaires, auparavant imperceptibles et négligeables, comme le passage silencieux d'un chat, la course des souris dans les murs, me mettaient en alerte, me tenaient en éveil toute la nuit. Le claquement des portes me faisait chaque fois sursauter. Les doigts de A. tapant sur le clavier me rendaient anxieuse aussi. Les sonneries de téléphone étaient ce qu'il y avait de pire. Et il y avait une voix de femme demandant A.

Après avoir jeté la radio, la télévision, l'ordinateur, le téléphone cellulaire, je ne supportais plus la dernière source de bruits provenant de mon propre époux, la pollution auditive née de l'intérieur même de mon foyer, comme une trahison. Si je ne pouvais lui retirer le droit de parler ni lui coudre les lèvres ainsi qu'on coud en Afrique les parties intimes des femmes, je voulais en revanche démissionner de mon rôle d'auditrice patiente.

Dès que A. entrait dans la maison le soir, je me précipitais vers la cuisine sans lui laisser le temps de libérer le flot de paroles accumulées et retenues durant la journée. Il me suivait. Maintenant la digue s'apprêtait à lâcher et à tout inonder. Ses paroles me poursuivaient, des vagues me poussaient, attendaient d'être reçues, voulant dévorer, cherchaient à me pénétrer les oreilles de supplications, de ruses, d'amour et de force. Mes pieds dérapaient sur les dalles glissantes de la cuisine. Je trébuchais parfois. Je faisais s'entrechoquer les assiettes afin de couvrir sa voix, je lui demandais de me passer une cuillère puis un verre pour l'interrompre, je le priais de manger tout de suite et sans arrêt dans le but de le tenir muet. Puis, un jour, tout à coup, il a compris.

Je ne voulais rien savoir de ce qui occupait son esprit quand il était avec moi.

La présence de son corps bien grand et bien chaud me suffisait.

Il se demandait comment il avait pu vivre avec une personne comme moi, qui ne s'intéressait même pas à ce qu'il faisait, à ce qu'il pensait, comment il avait pu ne pas découvrir plus tôt en moi une aussi grande indifférence, une aussi profonde froideur, un tel égoïsme, et quelle idiotie, comment il avait pu épouser une femme qui l'aimait si peu, qui était si peu aimable.

Il cesse de vivre dès qu'il pense ou dès qu'il parle. Car il pense en parlant, il parle en pensant. Le sang semble affluer abondamment vers le cerveau, le reste de son corps est alors négligé et mal alimenté, son appétit diminue, son désir disparaît, d'ailleurs tous les autres sens, de l'ouïe à la vue, s'amoindrissent en lui.

La communication n'est jamais possible avec l'autre parce qu'il n'écoute pas, que personne ne l'intéresse jamais vraiment. Sa tête est remplie d'idées à lui, il n'y a plus de place que pour des informations impersonnelles en tant que source d'idées, que pour des citations d'étrangers, de préférence illustres, comme simples supports de sa pensée.

Il s'agit d'un affaiblissement physique généralisé. D'une *presque mort*. Car par l'acte de penser et aussi de parler il projette sa vie vers le futur, vers le passé, vers une réalité déjà finie ou inexistante encore, vers ce quelque chose qui ne sera peut-être jamais. La pensée l'aide à rester vivant plus longtemps qu'un chat, mais en le faisant vivre moins dans un sens. Tout n'est-il pas question d'équilibre, de justice?

La pensée cause une rupture entre sa vie réelle et sa vie probable, sa vie concrète et sa vie abstraite, sa vie animale et sa vie créatrice. La pensée nous sépare lui et moi, l'un de l'autre, lui demeurant dans l'humanité explicative et inventive, moi dégoûtée du savoir et de la créativité, moi au-dehors, dans l'univers tel qu'il est, tel qu'il n'est pas.

– Ceci fait partie de l'art.

C'est ce qu'il y a de plus cruel et de plus méprisant que A. puisse trouver à dire sur le travail de ses collègues.

C'est un verdict. Tout le monde en a peur. L'art est à genoux devant la science. On se précipite pour interpréter les incessantes trouvailles. Les poèmes et les tableaux, on les étudie scientifiquement. Même les enfants, on les élève scientifiquement.

Le maître de mon nouvel ami, qui est encore plus noir que moi, est un géologue. Il trouve que l'archéologie est également un domaine artistique et il a eu l'insolence de le faire entendre à mon mari, une fois, quand ils se sont parlé dans la pâtisserie, chacun assis derrière sa propre table, devant une tasse. Depuis, A. ne lui parle plus quand il le croise.

Or le voisin que je déteste le plus et qui m'a le plus humiliée quand j'étais la femme de A., c'est le peintre du quartier.

Le peintre occupe la maison au coin de notre rue. Il est natif de ce quartier, a hérité sa maison de ses parents et de ses grands-parents. Il se trouve dans ce quartier chic par hasard, par chance, sans effort. Il n'avait fait que s'accrocher à la terre, à son terrain ancestral, et la terre le récompense. Il connaît tout le monde. Dans la pâtisserie et aussi dans plusieurs restaurants des environs, les murs sont couverts de ses choses. Le peintre semble nous regarder de toute part en nous appelant : je suis là, c'est moi, j'existe, je crée, quel exemple devant vous, quelle supériorité ! Il y a toujours des tableaux en train de sécher sur son balcon et devant sa porte. Les passants parfois s'arrêtent, puis reprennent la route. Sa créativité débordante nous saute aux yeux. Son univers à lui nous est imposé un peu de la même façon que les discours de A. Son style peu variable a fini par nous ennuyer.

Un jour, il faisait beau, je sortais prendre l'air, et je suis passée devant la maison du peintre. Je lui ai dit bonjour, je lui ai demandé si tout allait bien, sachant que les galeries de la ville n'avaient pas encore eu la clairvoyance de reconnaître son talent et sa valeur et de le promouvoir en vedette locale. Il a indiqué un tableau couché par terre qu'il venait de terminer. Je regardais le tableau et ne trouvais rien à dire. Embarrassée, je ne savais si je devais rester encore un peu ou repartir tout de suite.

C'est alors que le peintre m'a lancé brusquement :

– J'avoue que j'ai peu de respect pour des gens qui se promènent en plein jour et ne trouvent rien à faire. Moi j'ai choisi d'employer mon temps de façon satisfaisante pour moi, de façon créative.

J'ai protesté, un peu mollement, sous le choc de cette brusque insolence :

— Je me promène et je cuisine. Ce n'est pas rien. Et que veut dire créative ?

— Ha ha, ricana-t-il avec satisfaction.

J'avais envie de lui dire que tout l'art n'est que l'enregistrement de la vie qui passe selon le regard et le tempérament de celui qui tente de la saisir, que son art, bon ou mauvais, reconnu ou pas, ne peut être autre chose que son expression personnelle, une tentative d'expansion de son petit ego. Il n'est guère supérieur aux mets que je confectionne, à une robe que je choisis de mettre suscitant de brefs éclats dans les yeux de ceux qui m'observent. De plus je suis meilleure que lui parce que je n'ai pas l'ambition de noter, de distribuer, d'exhiber ni de chercher à éterniser mes impressions, mes goûts et mes manies personnels, en les élevant à l'échelle de l'art, en méprisant d'autres façons de vivre, en étant sélective et discriminatrice envers ceux qui mènent une vie différente. Tout est trop dit, n'est-ce pas, et trop fait. Je n'ai rien de nouveau à ajouter à ce monde déjà si encombré, célèbre ou obscur.

Le peintre ne m'a pas laissée discourir sur tout cela. Il a vite fermé la porte.

Avec ma nouvelle famille, avec les chats de la ville, nous vivons au jour le jour. Nous ne demandons pas plus que ce dont nous avons besoin, mais nous ne courons aucun danger existentiel. Pas de solitude, de famine, de fatigue, de soucis, de peur, de rancune. Pas de prédateur, de concurrent, d'ennemi, de lutte, de haine. Et nous jouissons d'une sécurité que n'ont pas les femmes au foyer, les maris employés, les artistes obscurs. Je compte justement faire un tour chez le peintre du quartier et laisser quelques empreintes de mes pattes sur ses tableaux humides, non pour me venger, vraiment pas, mais dans l'espoir de participer modestement à sa création, de goûter un peu à sa fierté, celle d'être non pas dans le monde mais par-dessus le monde, non pas dans le présent mais dans l'éternité.

Et si par malchance nous tombons sur un mauvais maître, il nous est facile de lui échapper et d'en trouver un nouveau. Personne ne nous domine vraiment. Nous nous faisons adopter plus facilement qu'un enfant humain. Nous avons plus de valeur. Les humains nous aiment plus que leurs semblables. Ils se détestent et se dévalorisent assez pour ne plus vouloir se côtoyer ni se reproduire. Beaucoup auraient voulu naître chats. Ils m'auraient enviée. Que veulent-ils dire par « qualité de vie » ? C'est tout cela, la qualité de vie. Tout cela qu'ils n'ont pas, ou pas aisément.

Cette distance que nous prenons à l'égard de l'humanité – l'espèce la plus dangereuse de la planète malgré son romantisme, à cause même de son romantisme, de sa prétention, à cause du langage voulant toujours déguiser son animalité, son ignorance, son exaspération devant ce qu'elle ne peut jamais connaître, jamais complètement maîtriser, créant plus de confusion que d'éclaircissement, causant plus de mal que de bien.

Cette absence d'affrontement dont nous jouissons.

Ces privilèges obtenus par la douceur et la modestie.

Les quelques chats que j'ai rencontrés depuis hier savent tous défendre le territoire de leur maître comme s'il était le leur, reconnaissant cependant que ce n'est pas vraiment le leur et que ça n'a pas d'importance. Ce n'est qu'un geste symbolique de leur part. Ils ne vont pas jusqu'à s'entre-tuer pour cela. Et ils ne connaissent de maître que celui qui les nourrit et qui ne leur donne pas de coups de pieds dans le ventre.

8

J'essaie de comprendre et de mesurer le temps, d'après la fermeture et l'ouverture de la pâtisserie, d'après le changement des lumières, les cris des enfants, la vitesse et la fréquence des voitures qui passent, le pas des piétons, les voix changeantes des femmes, les odeurs de cuisson émanant des fenêtres, d'après des milliers de signes, de mouvements et de bruits de notre rue que je dois dorénavant déchiffrer et interpréter avec application, dans une confusion de plus en plus grande.

Surtout sont à observer les gestes quotidiens de A. auxquels je n'avais pas prêté attention auparavant. Je le redécouvre en quelque sorte, pour me conformer à lui qui est devenu un repère indispensable pour moi. Je dépends de son monde pour vivre. J'ai besoin de lui. A. est enfin devenu mon maître.

Je ne peux pourtant pas complètement changer du jour au lendemain. Mon cerveau quoique réduit, ma tête perdant une moitié de son volume, porte encore la mémoire de ma vie antérieure. Cela complique énormément les choses.

Maintenant une angoisse nouvelle pèse sur moi, que les habitants de notre ville, humains et chats compris, ne peuvent connaître. Mon angoisse face à une entité immuable de l'existence, où toutes les couleurs se résument au noir et blanc, à la lumière et à l'ombre, toutes les formes se réduisent en masses inertes ou mouvantes, les grands fracas et les murmures timides se confondent en un concert disloqué parfois et par endroits, dans les cendres des corps, dans la poussière de construction et de déconstruction. Concert grandiose mais désormais privé de sens, du moins pour moi, concert continuel tout de même, jusqu'à l'infini, jusqu'après la mort.

Par comparaison, l'expérience humaine est tout de même plus riche que celle des chats, de lâcheté et d'imbécillité aussi bien que de beauté et de bravoure, mais riche, c'est le mot. Ce n'est qu'une impression, je parle avec mémoire, avec des idées reçues, en réalité je ne suis plus très sûre ni de la clarté de ma pensée ni de la précision de ma vision, clarté et précision comme toujours m'inspirant de la méfiance, devant contribuer sans faille à me guider vers une confusion plus grande encore. Par exemple en ce moment je ne vois absolument pas de différence entre la figure de A. qui mange dignement dans notre cuisine et celle de mon ami voisin qui humblement prend ses repas dans son bol placé dans la salle de bains. J'attribuerais facilement un visage de chat à mon maître et un visage de sage à mon ami voisin. Je n'irais bien sûr pas jusqu'à mettre en parallèle la vie de A. avec celle d'un chat. Mais je suis tentée de déshumaniser un peu mon maître afin de mieux m'apprivoiser. Les dieux se sont toujours incarnés en hommes. Les mots se veulent toujours vulgarisés en images. Je préjuge donc que ma nouvelle vie, après la première excitation, serait en fin de compte moins passionnante que celle de A. Maintenant, me dis-je avec une moue d'autodérision, j'aurais pu passer dix-huit ans – une éternité pour nous – à dormir, et je ne manquerais pas grand-chose. Mais je fais comme mes ancêtres, je me réveille la nuit.

C'est un privilège d'être éveillée quand tout le monde dort. L'air est meilleur, la vie est simple quand les activités des hommes et des femmes se calment, quand le vacarme dans les cerveaux cesse de sortir des bouches comme une menace, d'envahir les oreilles des autres, de remplir tout l'espace, même dans un bus, même dans une piscine, de polluer ainsi le monde, quand les paroles de toutes natures sont humblement retenues, traduites en rêves, en cauchemars, reconnues comme vaines, idiotes, violentes ou fausses, oubliées, évaporées. J'entends le souffle familier de A. Ce bruit rythmé, sans pensée et sans émotion, mais doux et neutre, est ce que j'aime le plus entendre de ce monde. Cela me réconforte, au point que je crois l'aimer encore. Ou si ce n'est pas le vrai amour – voilà encore une idée typiquement humaine, un mot dont le sens est peu clair – des années de vie commune avec lui m'ont rendue incapable de le quitter.

L'attachement sera enfin possible maintenant que

je n'ai plus à écouter A. parler. C'en était trop pour moi après avoir joué pendant tant d'années le rôle d'admiratrice, après avoir été une éponge absorbante, une terre à recevoir la pluie – parfois la tempête – du savoir et des vérités. Il a grandement besoin d'être écouté et applaudi, afin de ne pas expulser ses pensées jaillissantes vers un mur, tout de même, ni vers un animal, mais il ne se soucie pas toujours d'être réellement entendu, compris et approuvé. Sa masculinité en dépend. Sa tête exploserait s'il devait se taire, s'il n'avait l'occasion de la vider sur qui que ce soit. Il en a effectivement rarement l'occasion. Alors il s'en prenait à moi, sachant même très bien qu'il m'épuisait. Je n'ai pu revenir chez lui que lorsque notre relation est devenue muette.

Je ne suis plus toute seule maintenant. Je suis même mieux entourée qu'avant. Quand je me suis promenée dans la rue ce matin, tout le monde s'est arrêté et m'a regardée amoureusement. Il y en a même qui ont osé se pencher vers moi pour me caresser, si rares sont leurs occasions de caresser leur semblable.

Mais A. me manque déjà. J'ai l'impression qu'il va toujours me manquer. A. doit bien mourir un jour. Avant ma transformation, il avait déjà plus de rides et de cheveux blancs que moi, alors que je souhaitais vieillir ensemble avec lui. J'espère ne pas avoir de sursis après son départ, ne pas lui survivre avec un sentiment de manque. Comment puis-je être sûre que cela, que j'éprouve pour lui, n'est pas déjà une sorte d'amour?

Cette question m'étonne moi-même. Je croyais que ni A. ni moi ne pouvions plus supporter ce mariage, que je devais disparaître, que la vie allait nous réserver quelque solution. Sans moi, A. pourrait commencer une nouvelle existence, peut-être avec la femme qui le demandait au téléphone, qui serait capable de l'adorer alors que je ne le peux pas. J'avais la conscience aiguë que A. ne pouvait avoir droit qu'à une vie, et que de son vivant il serait préférable qu'il puisse vivre plusieurs vies, connaître plusieurs femmes, comme un prince antique, comme les célébrités. Il devient tout à fait possible maintenant pour des hommes ordinaires de connaître aussi des vies qui n'ont rien d'ordinaire, des relations qui n'ont rien d'ordinaire, car les femmes modernes, indépendantes et esseulées, ne leur coûtent rien, leur sont offertes, leur courent après, eux qui sont devenus de plus en plus rares, précieux et fragiles. Une espèce évoluant avec lenteur, en danger de disparaître. Je voulais l'aider en cela.

J'ai fait des vœux, avec force et conviction, sans savoir exactement à quoi m'attendre.

Je me suis dit :

Je veux que A. soit libre de moi, je veux disparaître de cette maison, je n'ai jamais voulu être l'épouse de qui que ce soit. Je me suis toujours dit que je n'en serais pas capable. J'aurais voulu mourir, mais étant déjà une morte, je ne peux pas l'être davantage. Et il m'est impossible de quitter cet endroit. Ne sachant de quelle terre je suis sortie, de quel tombeau exactement j'ai été récupérée par A., je reconnais que cette maison est une source de hantise, le lieu de ma fausse naissance.

Cette situation m'a frustrée. D'habitude je meurs chaque fois en humain et renais toujours humain, comme si le supplice n'était pas assez grand de vivre une seule fois, que l'humanité ne pesait pas déjà assez lourd sur la terre, sur moi. Or voilà qu'au milieu de la nuit dernière, je suis devenue ce que je suis maintenant. Cette fois je suis contente.

Ma nouvelle vie semble me convenir. Je me suis bien amusée aujourd'hui. Et puis A. est encore là, je peux rentrer quand je le veux, comme si c'était encore chez moi, que nous n'étions pas encore séparés.

Comme je me tiens en dehors des vicissitudes de son monde, n'étant plus ni victime ni coupable, les contemplant du fond de ma mémoire rapidement affaiblie, ne me disent plus grand-chose les tournures imprévisibles des sentiments, la nature extrêmement complexe de l'activité de l'âme, la multiplicité et la temporalité des prétendues vérités, qu'il s'agisse d'affaires du cœur ou d'autre chose, le pouvoir des paroles, la composition et la recomposition des alliances, l'animosité et ses parures... Je suis en train de perdre toutes ces connaissances qui m'ont tant fatiguée. La vie humaine, riche de tout cela, est peut-être aussi intéressante qu'une pièce de théâtre, mais elle ne me divertit plus. Etant sans pesanteur, sans énergie vitale, sans pulsion de tuer ou de me tuer, sans identité bien fixe, ne me trouvant dans aucun temps, je n'ai jamais pu pleinement apprécier les jeux humains. Pour ne pas dire qu'A. m'a ennuyée à mourir. Le quartier où nous habitons m'a ennuyée à mourir.

Cela a changé depuis hier. Je peux maintenant sauter très haut et courir très loin. J'ai eu besoin de quelque chose d'aussi radical pour me libérer. Maintenant je trouve A. très charmant, et ce coin du monde encore habitable. Je reste assise pendant quelque temps à écouter le souffle de A. Quand je reste ainsi au calme, je me sens enveloppée dans une atmosphère de débuts et de fins à la fois, soulevée et emportée loin de moi, loin d'ici et du moment présent, loin de mon mari A., et pourtant proche des sources de mon être, des raisons obscures me retenant dans la maison de A.

9

Le rebord de la fenêtre dans la cuisine est vite devenu mon endroit préféré. J'y ai déjà passé du temps cet après-midi, pour regarder le jardin, les oiseaux sur des branches, la rue, le ciel, la lumière sur le mur d'en face, les voitures qui passent, les piétons. Je suis restée au chaud, au soleil, chez moi, à admirer le spectacle du dehors. D'ici je ne vois pas la pâtisserie, mais si je sors par la fenêtre de la cuisine et me mets sur la rampe de notre balcon de côté, non seulement je peux aussi bien observer la vitrine de la pâtisserie, mais tout ce qui se passe devant notre maison et dans les jardins des voisins entre dans mon champ de vision.

Ils sont tous si beaux, hommes, femmes et enfants, quand je ne vois pas les détails de leurs figures, les taches sur leur peau, quand je comprends à peine ce qu'ils disent, et quand seulement leurs habits filent devant moi comme une réalité affirmée. Depuis que je ne suis plus de leur race, je les trouve plus aimables et moins agaçants. Lorsque, du haut de ma fenêtre, j'aperçois leurs silhouettes et leurs mouvements à travers les arbres, à travers la vitre de ma fenêtre, je vois peu de différence entre eux et la famille des rats, des oiseaux ou des fourmis. L'univers rajeunit quand il se libère des humains, de leurs regards réprobateurs pour je ne sais quelles raisons ni de quels droits, de leur pensée bruyante, assommante et savamment hypocrite, de leur mémoire et de leurs trésors pourris.

Je me lève d'un bond, les poumons emplis d'une vitalité étrange et nouvelle, d'une exaltation inconnue, d'une confiance en moi sans précédent, de l'ambition de courir très loin sans laisser de traces, sans attaches, du désir de solitude, de l'aventure, de l'envie de chasser par pur plaisir. Cette audace, j'ose la reconnaître, l'exprimer et l'appliquer maintenant seulement, car je sais que cela m'est permis maintenant seulement, quand je ne vis plus soumise aux conventions humaines, quand je n'ai plus à être la partenaire de quelqu'un, le membre d'une communauté, la citoyenne d'un lieu.

Un chien grogne quelque part. Des souris courent éperdument sous le plancher, dans la cave. Elles sont au courant de ma dangereuse présence, de loin elles peuvent sentir mon appétit naissant. Un crapaud saute dans l'herbe du jardin. Un soupir de femme échappé voluptueusement de je ne sais quelle fenêtre se fait entendre dans la rue déserte. Un camion passe.

Avant, je me réveillais rarement à cette heure de la nuit, avant l'aube. Les moments précédant le lever du jour étaient particulièrement propices aux rêves profonds où je partais pour une vie différente.

Mais maintenant je suis contente d'avoir l'esprit lucide et le corps bien frais, d'être en avance sur tout le monde, de sentir monter en moi cette énergie inhumaine ou tout au moins enfantine, alors que A. dort tranquillement.

Maintenant, non seulement j'ai mes propres rêves, mais ma vie concrète se déroule aussi sans lui. A. mène sa vie le jour, je vis la nuit.

Je descends l'escalier. Sur la table de la cuisine, il ne reste que du pain dans un panier. J'ai trouvé des parcelles de jambon dans l'évier. C'est un régal. Il y a aussi de l'eau dans un verre. J'en ai bu un peu, elle a un goût de lait, mais très dilué. Je sais que A. a laissé de la soupe. Chez nous c'était moi qui aimais ça. Quand il cuisinait de temps à autre, il en faisait pour être gentil. Je monte sur la chaudière, me frotte un peu contre la casserole, elle est encore tiède.

Cette petite attention, comme tant d'autres que je reçois ingratement de mon mari au fil des années de vie conjugale sans passion, mais où règne de plus en plus une complicité fraternelle, une solidarité de vieux couple, me réchauffe le cœur, me donne envie de pleurer un peu, sans tristesse, devant la nature changeante de nos sentiments, émue par cette forme de continuité dans nos rapports, maintenant qu'une distance astronomique s'est installée entre nous, que je ne lui dois plus rien, qu'il ne peut plus rien faire pour moi.

De même, toutes ces années où, assise sur mon fauteuil, attendant A., j'observais froidement le rayon de soleil entrer par la fenêtre et glisser sur le mur, où j'écoutais les rumeurs de la rue ressemblant aux vagues marines, ce sont des années perdues, une vie sans valeur parce qu'elle était subie, et non pas voulue.

Dans son rêve A. souhaiterait peut-être encore la réapparition de son épouse, comme cela, en pleine nuit, sans explication, aussi mystérieusement que quand elle est partie. Je n'ai pas touché le couvercle de la casserole de peur de réveiller A. Il ne peut plus me rattraper, je suis plus rapide que lui. Mais je ne veux pas qu'il se fâche. J'ai l'impression que c'est dans ses poussées de colère qu'il se détériore. Il a besoin du repos. On ne le laissera pas tranquille pendant long-temps, je suppose, à cause de ma disparition.

La nuit peut paraître bien attirante, mais je ne suis pas pressée de sortir. Quel bonheur pour moi de pouvoir désormais me faire entretenir de plein droit, sans honte, comme un bébé, tout en ayant la plus grande liberté. Étant donné que de nos jours les femmes ne peuvent plus être domestiques, même si elles le voulaient, même si elles ne vivaient pas mieux en étant libres des hommes et du foyer, j'ai beaucoup de chance. Quel soulagement de n'avoir plus rien à faire que de jouer, de contempler, de paresser, de faire une sieste à midi, de vivre comme au commencement de la vie et aussi comme à la fin du monde, sans projet d'aucune sorte, sans jamais de hâte, l'air clochard, dans l'abandon, dans le présent uniquement. Je suis convaincue que je suis en train de vivre la meilleure de toutes mes existences.

Je n'ai jamais compris le sens du travail de A. Le travail régnant entre ces deux moments que sont la naissance et la mort. Cet entre-temps, trop rempli, n'est plus un temps, la vie n'est plus la vie.

Il me faut quand même sortir prendre l'air. Je saute par la fenêtre de la cuisine, me faufile par-dessous la grille en m'aplatissant au sol, puis je me mets à galoper dans la rue vide, dans l'espace sans humains, trottinant parfois et bondissant de temps en temps, presque en dansant, comme je ne l'ai jamais fait de toute ma vie antérieure, dans aucune de mes existences. J'arrive jusqu'à la frontière de la ville où se trouve le fleuve. L'air est délicieux au bout de mon chemin. La senteur fraîche des poissons rend détestables les rongeurs des futures ruines.

De l'autre côté, une nouvelle ville a surgi récemment, triomphante, à la suite d'un tremblement de terre. Les agents immobiliers et les constructeurs sont ravis. Bâtir leur coûte beaucoup moins que réparer, en temps et en ressources. Les victimes ne sont pas mortes pour rien.

Les lumières de cette nouvelle prospérité se reflètent et tremblent à la surface de l'eau. J'y vois aussi le cadavre d'une mère, l'image de mon enfant perdu et l'ombre de ma propre forme nouvelle, tout cela non pas écrasé au pied des édifices mais flottant ensemble avec eux dans une eau trouble, éclairée non par des étoiles mais par la splendeur terrestre.

De retour de mon excursion, comme A. est encore

endormi, je vais m'amuser un peu dans le jardin. J'ai assassiné un crapaud qui s'est trouvé sur mon chemin, sans beaucoup de difficulté ni de remords. Il est vrai que cet animal m'a toujours dégoûtée depuis que j'habite ici. Mais la question n'est pas là. Le fait de tenir ma conquête entre les pattes me procure du plaisir. Et ce plaisir serait plus grand si le crapaud était vivant, si j'arrivais à le capturer sans le tuer tout de suite. Réduit mais vivant, fragile mais résistant. C'est cela qu'il faut. La disparition pure et simple, la défaite totale et trop facile, rend le jeu inintéressant. La mort du crapaud est donc regrettable. J'ai ramené son cadavre jusqu'à la fenêtre, j'ai crié deux ou trois fois pour signaler mon succès qui n'a rien de bien convaincant. A. s'est juste retourné une fois dans le lit. Et je n'ai pas insisté.

10

Cela me faisait de la peine de devoir poursuivre ma relation avec A. dans une impasse devenue de plus en plus évidente, et dont nous avions peut-être été obscurément conscients dès le début. Je ressemblais de plus en plus aux squelettes qu'il ramasse dans des contrées lointaines, vestiges aux rudes contours, portant sur leur crâne la marque gravée de souvenirs discordants et d'hallucinations multiples repoussant toute caresse. Je souhaitais rester non pas avec A. mais chez lui, comme l'un de ses biens, l'une de ses trouvailles. Je voulais cesser d'être son épouse, mais continuer à faire partie de sa vie, de sa vie professionnelle s'il faut absolument une distinction, de sa vie de collectionneur d'ossements, éleveur de fantômes, gardien de peuples morts. Il se serait agi de le quitter sans être absente, de rester auprès de lui mais en lui accordant la liberté du célibat, la liberté de « se recomposer » peut-être avec une autre. Il faudrait que ce soit une transition vers quelque chose de nouveau, de plus vrai, de sorte que la séparation ne soit pas une négation totale, une rupture brusque et douloureuse qui aurait fait des années que nous avions vécues ensemble un temps mort. Car il n'y aura nulle part un foyer me convenant mieux que celui que m'a offert A., j'en suis certaine, et je ne rencontrerai pas de collectionneur aussi averti et aussi passionné que lui.

Ici, malgré tout, j'ai ma place. Ailleurs, je ne vaudrais rien.

Ailleurs, il suffirait que je dise :

Je suis peut-être la mémoire elle-même, mais cela encore est très douteux, très arbitraire, sincèrement je n'ai pas de mémoire, ou je l'ai perdue, et mon mari a oublié où il m'a récupérée, il est si mal organisé, il a tout confondu, il a mélangé toutes ses notes sur des lieux et des époques…

Il suffirait d'un aveu de ce type pour qu'on me nomme citoyenne du monde, c'est-à-dire citoyenne sans cité, pour que tout de suite on me colle au front une étiquette permettant de me classer dans un tiroir trop vide ou trop plein.

Malgré tout, A. m'a protégée. Il a toléré les mille insuffisances de mon esprit et de mon corps. Il semblait savoir vaguement ce que je suis réellement. C'était bien lui qui avait provoqué mon entrée dans la vie et qui m'avait inventé une identité en m'épousant. Il s'est laissé guider par une intuition qu'il a développée au travail et que seuls les plus doués possèdent. Me sachant rendue presque au terme de mon chemin, à la fin de mes demi-vies, je me félicite de me trouver entre de bonnes mains pour bien finir.

Je compte attendre dans cette maison l'événement à venir, le finale de mes comédies, en compagnie de A. et pourtant sans lui.

La nuit dernière, dans mon rêve, j'ai longuement couru dans une forêt, à la poursuite d'un écureuil. En même temps j'avais l'impression d'être moi-même poursuivie par quelque chose ou quelqu'un. C'était donc une fuite, plutôt, et j'ai simplement suivi le trajet d'un écureuil auquel je ne voulais rien de mal. En tout cas c'est ce que je pense. Même avant, il m'arrivait souvent de faire ce que je ne pensais pas, et de penser ce que je ne faisais pas. Maintenant, bien sûr, la morale, les règles, l'écologie, tout cela me paraît bien trop humain, trop compliqué.

L'écureuil avait sans doute très peur. J'ai couru après lui automatiquement et avec beaucoup d'insistance. Par moments j'ai cru qu'il était derrière moi. Alors je ne savais plus qui courait après qui. J'avais l'impression de tourner en rond sans pouvoir m'arrêter. Il me semble qu'il s'agissait de l'ombre de ma mère, précisément d'une femme qui prétendait être ma mère et avoir des droits sur moi. Mais cela ressemblait aussi à un enfant qui n'était sans doute pas le mien, que j'ai fini par vouloir tout de même – je contrôlais mal, très mal mes vies antérieures, les ayant ratées l'une après l'autre. Cet écureuil devant et derrière moi qui, tout comme ma mère, tout comme mon enfant, m'attirait, me provoquait et me poursuivait, me faisait courir plus vite que je ne le pouvais. Ou ce serait un homme. Ou un grand chat affamé. Ou un fantôme sortant de notre cave.

Tout ce monde, derrière moi ou devant moi – cela revient au même –, ensemble ou l'un après l'autre, voulait me prendre la vie. Non, il n'est pas très juste de dire cela. Il faudrait plutôt croire que tout ce monde, par le seul fait d'exister, me prend déjà la vie, du moins en partie, et toujours involontairement, espérant la plupart du temps me faire du bien. La nuit dernière, donc, un écureuil m'avait vraiment poussée au-delà de mes limites. Je me souviens d'avoir exécuté des sauts très étonnants et atteint une rapidité qui m'est inhabituelle.

Or je n'ai pas pu le rattraper.

En redoublant ma vitesse, j'avais l'impression d'entrer dans un temps différent.

La distance entre l'écureuil et moi ne diminuait pas pour autant, au contraire elle s'élargissait.

Les rues, les bâtiments et les arbres ont tous atteint une dimension magique.

Il me semblait que l'univers entier commençait à s'amplifier autour de moi, précisément durant cette course. Je sentais mon corps s'amoindrir à mesure que je gagnais de la vitesse. C'est dans cette vitesse extrême, je crois, que j'ai connu une nouvelle naissance.

L'écureuil m'a définitivement échappé en montant très haut dans un arbre.

Je me suis arrêtée devant l'arbre. Il avait une écorce épaisse et d'affreuses racines. Son diamètre imposant le faisait ressembler à un mur.

J'ai essayé de grimper, mais à chaque fois mes pattes perdaient prise et je me retrouvais au sol. Au fond de moi, je me savais capable de monter, si j'en avais le courage. Cela semblait facile, la tête communiquant au corps le possible et l'impossible. Or il faut des milliers d'années d'évolution pour que je monte dans un arbre sans crainte, que je puisse vraiment viser un écureuil comme une proie. Il faut une éternité de travail intérieur afin de vaincre ma peur et de transgresser mes limites.

Cette impossibilité de l'ascension m'exaspérait.

L'écureuil s'est juché à une hauteur désormais inaccessible.

J'ai éprouvé une jalousie furieuse à l'égard de ce petit rongeur presque sans cervelle que je croyais pouvoir maîtriser facilement.

Et puis je ressentais en moi une pulsion étrange : je convoitais la chair et le sang de cet animal. Je ne voulais pas le manger, je n'avais pas faim. Mais je pouvais imaginer le plaisir de mordre dans son tendre corps et de sentir mes forces supérieures à celles de cet animal, mon pouvoir de décider sa vie et sa mort, mes chances, enfin, de dominer. Je reconnais en moi cette maladie des forts, qui est aussi celle des faibles.

Je me suis jetée plusieurs fois tête la première contre l'arbre comme pour l'ébranler, comme pour me heurter à l'écureuil lui-même qui me résistait, je me suis mise à griffer le tronc. La rage et la fatigue m'ont fait complètement oublier derrière moi l'ombre dont j'étais moi-même poursuivie. Je persistais, espérant que par imprudence redescendrait l'écureuil que j'avais déjà perdu de vue.

J'ai voulu pousser un hurlement terrible. Et je n'ai entendu qu'un miaulement assez doux malgré ma colère. Surprise par ma nouvelle voix, je me suis tue pendant quelques secondes, puis j'ai recommencé, question de vérifier si mes oreilles ne me trompaient pas. J'ai entendu le même gémissement plaintif, peu sonore, qui ressemblait quelque peu à une voix humaine cassée, à un murmure de femme soumise, aux pleurs d'un bébé, pourvu de poumons faibles.

Quand j'ai compris que j'avais complètement perdu ma voix, celle qui était la mienne depuis un temps immesurable, depuis l'époque de ma vie à l'opéra, la seule chose de ce monde qui n'est pas encore une chose, du moins pas tout à fait, et qui semblait m'appartenir véritablement, toutes mes forces m'ont quittée, je me suis littéralement écroulée au pied de l'arbre.

C'est alors que l'ombre s'est jetée sur moi comme pour m'étrangler.

Je ne sais pas ce qui s'est passé ensuite.

11

Je me suis réveillée tout en sueur.

A. se retournait dans son sommeil. Je ne le voyais que de dos.

J'ai pris un certain temps pour comprendre où j'étais, qui était cet homme.

Il ne faisait pas encore jour. Dehors il y avait encore des étoiles. C'était une nuit sans lune. A vrai dire, non seulement maintenant, mais depuis toujours, la vie extérieure ne me paraît intéressante que pendant la nuit.

J'ai quitté le lit en un bond, à quatre pattes, comme dans mon rêve.

Je me suis précipitée vers le miroir. Jamais je n'ai vu aussi bien dans l'obscurité. Je ne me suis pas reconnue.

Je suis allée dans le salon, j'ai sauté dans mon fauteuil. C'était mon appareil à rêves. D'habitude j'y rêve plus raisonnablement. Mais la partie de ce meuble qui m'intéressait le plus, le dossier qui jusque-là me soutenait si bien, épousant parfaitement la forme de mon dos de haut en bas, des épaules aux hanches, m'est devenue maintenant inutile. Le coussin semblait suffire pour tenir tout mon corps, car je me suis recroquevillée, en boule. Je n'ai pas pu me rendormir dans cette nouvelle posture de repos pourtant agréable, conforme à ma nouvelle nature. J'ai été terriblement frustrée de ne pas retrouver ma pose habituelle ni le sentiment d'appui, de confort et de dignité que m'avait procuré le dos magnifique de ce fauteuil depuis mon mariage avec A. J'ai donc préféré l'espace au-dessous de la commode dans le couloir, à proximité de la porte d'entrée, de la cuisine et de l'escalier vers la chambre, l'endroit qui à présent semblait me convenir mieux, compte tenu de ma taille et de mon statut. C'est là que, en toute tranquillité, j'ai passé une bonne partie de la journée à réfléchir sur ma nouvelle condition. Et j'en suis sortie d'excellente humeur et pleine d'espoirs qui m'étonnaient moi-même.

Je me suis dit : dans cette maison, officiellement, je n'existe plus. Et il semble que j'aie maintenant un maître. Cette seule pensée me rend folle de joie.

Tout le temps que j'ai vécu avec A., je n'ai rêvé qu'à cela, un maître, un dieu, un être inégal qui me dépasserait en tout point, devant lequel je me plierais de plein gré, à qui je saurais me livrer vraiment, me sacrifier et me perdre s'il le fallait.

Je sais que A., sans le prononcer, sans vouloir ni pouvoir jamais l'avouer, souhaiterait une telle femme, une femme qui le reconnaîtrait supérieur, sachant le mettre en valeur, l'aider à renforcer sa confiance en lui-même par des flatteries discrètes. Il ne peut se détendre autrement. Son désir, toujours secondaire, est fondé là-dessus. Il a besoin d'être porté par ce sentiment de supériorité, ce pouvoir de dominer.

Et maintenant, dans l'état où je suis, rendue muette, sotte et sans d'autres désirs que les plus élémentaires, il m'est enfin possible de l'aimer de la façon qu'il aurait voulue. Pour une fois je me sens bien dans ma peau de « petite chérie », de « grande mignonne ». Et j'éprouve une estime sans réserve à l'égard de A., aux pieds de qui je me jetterai de tout cœur désormais.

Finis les ignobles accommodements, le mensonge et le maquillage, la fastidieuse tâche de plaire, de passer pour ce qu'on n'est pas, la nécessité de s'abaisser ou de se mettre sur la pointe des pieds, de se salir ou de s'embellir, d'applaudir encore et encore, ou de se mettre à la place des autres sans être les autres, la besogne de discuter, de convaincre ou de céder douloureusement, les combats sans vrais adversaires, la lutte toujours retournée contre soi, possédant trop, ayant trop à perdre.

Finis ces vains efforts, cet interminable marchandage sentimental ou autre, cette prostitution de l'âme et du corps en échange d'une chaleur quelconque, d'une occasion pour l'oubli de soi qui ne se produit jamais. Je n'aurais jamais cru qu'il était aussi facile de quitter sa solitude, de sortir de ce vaste gouffre où j'étais prise depuis toujours, de cet immense rien qui me rongeait de l'intérieur, m'empêchant de naître avec ma chair et mon sang, me tuant chaque fois d'avance.

Ainsi, le problème essentiel de ma vie est résolu. En devenant un chouchou domestique, je ne suis plus jamais seule. Ou encore, la solitude et moi sommes devenues une même chose. J'ai trouvé tout ce que je cherchais : la grandeur humaine, l'espace disponible – non seulement les rues sont à ma disposition, mais je peux aussi me promener sur une immense quantité de toits – le repos, et surtout mon amour inconditionnel envers A. Vivre ici est possible grâce à la diminution considérable de mon champ de vision et de ma taille, qui empêchent la perception des détails désagréables de la race de mon maître. Je ne vois plus de contradictions, de failles dans leurs raisonnements, et leurs penchants dangereux, je ne perçois plus leur gourmandise, leur dieu qui les fait s'entretuer.

Je me souviens encore de tout cela, mais ma mémoire est de moins en moins précise. Avec A. je peux maintenant pratiquer l'attachement dans la séparation, croire à l'absolu dans l'incertitude, avoir confiance en un merveilleux avenir en consumant sans merci les instants présents. Nous sommes enfin devenus contemporains. Je peux maintenant relier tout cela que mon intelligence d'antan n'arrivait point à assembler.

Ma nouvelle situation me permet également d'éviter les soirées de A. où circulent des codes bien trop compliqués pour moi. Les ondes interactives des regards et des mouvements corporels de ses amis proches ou distants me déroutaient et parfois exerçaient sur moi une influence à me clouer contre le mur, derrière ma porte, sur mon lit, par terre, au point que je ne pouvais me relever assez vite pour les affronter, que je n'osais plus sortir, plus vivre. Finis les dîners, les rencontres, les poignées de main, les hochements de tête. A. doit faire tout cela seul, sans moi, sans moi comme parure, preuve de sa vie bien rangée, sans moi comme accompagnatrice, car c'est lui qui croit, sans conviction cependant, avec appréhension même, avoir besoin des gens pour vivre. Quand ils viennent, je vais pouvoir tranquillement rester dans mon coin, me cacher sous un meuble, à les regarder comme on admire des extra-terrestres, les écouter comme on écoute les rumeurs d'une forêt, le sifflement du vent dans un désert. Je les adore davantage maintenant que j'ai quitté leur société.

Il est très important pour mon bien-être intérieur de ne pas les comprendre.

12

Enfin le jour se lève, la rue se ranime et la pâtisserie ouvre. Il est temps de rentrer.

Je traverse plusieurs jardins, sautant par-dessus des haies de planches ou d'arbustes, les oiseaux s'envolent sur mon passage, je ne les regarde pas, j'arrive droit sous la fenêtre de notre cuisine. Je m'y hisse prudemment. A. n'est pas encore dans la cuisine. Je cours vite me cacher dans mon coin. Le robinet coule en haut dans la salle de bain. Je l'imagine en train de se raser. Je l'adore quand il se rase. Je me promets de prendre le courage dès demain de lui rendre visite pendant qu'il se rase. Je n'y vais pas tout de suite de peur de le choquer, il pourrait se couper par surprise. J'attends le bon moment pour me présenter à lui.

A. descend sans tarder et entre dans la cuisine. Il a un pas pressé et décidé. Je sais qu'après une nuit d'attente, de réflexion et d'un peu de sommeil, il a décidé de rendre ma disparition officielle et publique.

Il secoue la corbeille à pain d'un air méfiant. Il soulève le couvercle de la casserole et le laisse retomber aussitôt. La porte du frigo claque une ou deux fois. Il cherche un couteau en remuant dans le tiroir avec fracas. Il s'assoit, un peu songeur, met du temps avant de toucher à son assiette. Il se lève, ouvre la porte de la cuisine donnant sur le balcon, descend ramasser son journal. Il est l'un des rares dans le quartier qui tient encore à ce rituel, maintenant que le journal est offert sur l'écran. Il revient s'installer dans la même chaise près du couloir. Puis il commence à manger comme d'habitude, sans se presser, en froissant son journal, les jambes croisées, comme un homme classique du bon vieux temps.

De mon coin je peux le voir des pieds aux genoux. Sa jambe droite reste presque immobile. Quand il est angoissé ou contrarié, il a besoin de la secouer par petits mouvements rapides et à vrai dire irritants. En ce moment son pied droit n'est pas fermement posé sur le plancher, il se tient sur la pointe seulement. Mon absence le perturbe. Cela se voit.

Il appellera la police d'une minute à l'autre. Morte ou vivante, il faudra bien me retrouver. Mais il fera cela surtout pour lui-même, pour vite se laver de cet incident embarrassant. Il se jure de ne plus jamais vivre avec personne, de ne plus se laisser entraîner dans aucun piège affectif. A son âge, avec sa situation, il n'a vraiment pas besoin de ce type d'ennui. Ce qui s'est passé, pour quoi il ne trouvera aucune explication, est une énorme tache dans sa vie autrement honorable, suscitant dans son entourage des chuchotements et des doutes sur lui.

Il sait que je ne suis pas en danger, tout comme il croit que notre enfant est encore vivant quelque part, que ce ne sera pas la peine de mener une enquête. Mais ces impressions sans fondement, il ne les dira à personne. A son avis, il s'agit d'une fuite, d'une volonté de rupture de ma part, il pense que je voulais simplement partir, sans l'avertir, sans justification, sans passer par des scènes de reproches ou de réconciliation, sans chantage mesquin sur le partage des biens, préférant à l'agonie d'une relation une mort franche et digne, comme notre enfant un jour nous avait brusquement quittés.

Telle mère tel fils, se dirait-il. Des ingrats.

Pour cet enfant, sans doute, nous n'existons presque plus. Nous serions à ses yeux pareils aux personnages des bandes dessinées qu'il a lues dans un passé lointain et dont il se souvient à peine. A. pense que, de la même façon, lui-même est mort pour moi. Cette pensée quant à son existence, parue tout à coup assez relative et incertaine, quant à la réalité changeante de son être qui dépend des perspectives des autres, le rend un peu perplexe, un peu rêveur.

Il ne va pas au travail. Il se dit qu'il va consacrer une journée à affronter ce qui est inévitable et à régler la chose. Il pose son assiette dans l'évier, cette fois avec douceur. Puis il s'assoit dans le fauteuil.

Il a téléphoné. Il a dû attendre au moins deux heures, restant toujours dans le fauteuil, avant qu'on ne sonne à la porte.

Les gens passent dans la maison comme la

dernière fois, quand nous avons perdu notre enfant. Ce sont peut-être les mêmes. Ils semblent devenir plus attentifs, posant plus de questions, sur moi et sur notre relation conjugale, avec un ton désagréablement familier qu'ils se permettent maintenant qu'ils croient connaître la maison – ils n'ont de toute façon jamais appris les tournures de politesse. Ils ouvrent grand les armoires, les placards et les tiroirs, prennent des photos, et demandent à interroger les voisins.

Ils signalent surtout à mon mari que je suis partie – si du moins j'ai pu le faire de moi-même – le corps nu et dans le froid, mes vêtements restant sur le dos d'une chaise dans la chambre, mon pyjama encore étalé au lit, mes manteaux tous accrochés en bas dans le vestibule, et même mes pantoufles laissées à côté de la table de nuit… Ils fixent longuement mon pyjama un peu déchiré. Dans la maison entière et dans le jardin, ils ne trouvent d'autres empreintes que celles de A. et d'un chat. Il n'y a pas eu de visite d'un étranger. D'après eux, moi ou mon cadavre ne devrions pas être loin. Ils vont garder le dossier ouvert et se réservent le droit de revenir ou de le convoquer.

A. subit tout cela avec une humilité et un calme remarquables.

Pendant plusieurs jours, après un coup aussi dur, A. reste très silencieux. Pas de salutations dans la rue, pas de téléphone, de télévision, de musique. Il sort le matin, rentre le soir, mange, lit, écrit et dort.

Samedi arrive. A. semble ne pas avoir de projet

pour la journée. Le téléphone a sonné deux fois vendredi soir, il n'a pas décroché. Je devine qui c'était. A. va faire des courses le matin et il revient rapidement. Il s'installe au salon, dans le fauteuil, et ne bouge plus.

Je reste longtemps dans le couloir, sous la commode, pour l'accompagner, émue par ce silence, ce recueillement, cette dépression même dont je suis la cause. Plus tard, je commence à sentir la faim. Je compte faire un tour dans les environs et revenir vite. Alors je sors lentement de sous le meuble. Je m'aplatis sur le plancher pendant un instant, en le regardant. Il a décroisé sa jambe droite, et redevient immobile. Alors je galope vers la cuisine, saute sur le comptoir et bondis au-dehors par la fenêtre. Il a peut-être tourné la tête mais ne m'a pas vue. Ou il s'est aperçu de ma silhouette, mais n'a pas voulu se lever.

Mes toilettes se trouvent au fond d'une rangée d'arbustes chez le voisin près de notre garage. Le couple de propriétaires aime le téléphone. Quand ils marchent côte à côte dans la rue, ils parlent fort, non pas entre eux, mais chacun s'adressant à quelqu'un d'autre à distance. Ils tiennent ainsi de longues conversations avec des êtres invisibles, en pleine rue, souvent en riant aux éclats, sur des sujets parfois intimes, d'autres fois concernant des affaires, comme s'ils étaient chez eux, qu'ils étaient seuls au monde. Ils laissent leur espace personnel envahir l'espace public, souhaitant probablement se faire entendre non seulement de leur interlocuteur lointain, mais aussi des voisins et des promeneurs dans la rue, car ceux-ci n'ont pas d'autres occasions de les connaître, de savourer en eux des qualités qui ne pourraient briller autrement qu'ainsi au téléphone. Une fois, le mari, tout excité dans sa marche téléphonique, a failli écraser ma queue.

Par ailleurs, ils s'occupent trop de leur jardin. Ils mettent deux fois par an de l'engrais chimique autour de leur maison, afin de rendre leur pelouse étrangement verte, répandant ainsi une puanteur persistante dans la rue entière, jusque dans notre chambre malgré nos fenêtres bien fermées pour cette raison. Ils engagent du personnel pour couper l'herbe et les branches avec des machines bruyantes, ce qui donne à leur haie un aspect raide, qui évoque une tête strictement rasée, un caractère constipé. Je n'aurais jamais pu imaginer une telle jouissance, ce plaisir méchant d'installer mes toilettes chez eux et d'enrichir leur terre de façon naturelle.

En sortant de leur jardin, je me dirige vers la pâtisserie. J'ai trop faim. La patronne m'a aussitôt tendu un bol de lait et une assiette de jambon. Je la laisse me caresser quand je mange. Mais je ne ronronne pas. Pas devant elle. C'est hors de question. J'ai voulu me dépêcher et j'ai eu des hoquets. Dès que j'ai fini les bols, je la quitte sans me tourner, la laissant disserter d'indignation sur l'égoïsme et l'imbécillité de ma race.

Et en me voyant de surcroît m'approcher de la maison de A., elle a semblé dire : « Elles se ressemblent » ou « Elle la remplace bien ». Ainsi s'exprime son mépris suprême en me rapprochant de l'épouse de A.

Le pommier, que A. et moi nous avons ensemble planté, a maintenant presque deux mètres de haut. Les plantes vivaces étaient déjà là avant notre arrivée. Cette année elles ont donné peu de fleurs. Les herbes les submergent et il manque d'eau. J'aurais pu m'en occuper un peu plus quand je le pouvais encore. Maintenant c'est trop tard.

On ne peut compter sur A. pour cela. Sa science concerne ce qui est mort, et non ce qui est vivant.

Il fait encore doux le jour, mais tout commence à jaunir et les feuilles tombent. Que pensera A. devant ce spectacle de désolation qui se présente à lui juste sous sa fenêtre, devant sa porte ? Il m'a dit que, sans famille – les squelettes comptent aussi – il aurait préféré vivre dans un immeuble en béton, pour plus d'anonymat, pour une vue plus neutre et sans le devoir de verdir le monde lui-même. Il se demande pourquoi on s'acharne tant à cultiver la terre. Les gens se croient durables et veulent exercer un contrôle sur tout. Ils n'ont tué leur dieu que pour le remplacer eux-mêmes. Avant eux, la planète a toujours su verdir et se dépouiller toute seule, la vie a toujours pu s'éteindre et renaître. A. connaît mieux le désert que le jardin. Il perçoit beaucoup de choses dans un désert, alors qu'il ne voit rien dans un jardin.

Maintenant je vais devoir regarder les plantes mourir l'une après l'autre. Je soupçonne même qu'il y ait un lien entre leur mort et ma renaissance, qu'il y ait une loi d'équilibre sans équilibre, une injustice écologique. Pendant le temps où je soignais les plantes, très mal d'ailleurs, je puisais aussi dans leur essence vitale, je leur volais la vie. J'ai pourtant déjà vécu si longtemps, tellement que je n'ai plus rien à donner au monde. Je ne fais que prendre la vie des autres. Il y a quelque chose de décadent et d'immoral dans mon désir d'éternité, dans ma longévité, dans mes successives renaissances.

Je suis contente de devenir maintenant moins humaine, d'être ainsi réduite de taille, d'intelligence et d'appétit, de prendre moins de place désormais dans ce monde déjà surpeuplé. Sans que je sois suicidaire, mon insignifiance me réconforte.

Et maintenant si je rôde encore autour de la maison de A., c'est probablement pour lui prendre sa vie à lui aussi. Je ne le voudrais pas, croyant l'aimer encore à ma façon. Mais ma façon d'aimer, mon amour – « dépendance » serait plus juste – consiste à prendre et non à donner. A. mourra de cet amour, de cette dépendance. Le jour où les policiers étaient venus l'embêter à cause de notre garçon disparu, quand je l'ai vu secouer sa mèche de cheveux blancs lui tombant dans les yeux, découvrant son front ridé et ruisselant de sueur, mais le reste de son visage impassible, le dos droit, j'ai entendu le pas de la mort qui avançait vers lui.

13

Dimanche, vers midi, je m'approche de la fenêtre. A. est dans la cuisine. J'entends la cuillère tourner dans le fond d'une tasse.

J'hésite, puis je monte. Je mets les pattes avant sur le bord de la fenêtre, montre la tête, mais laissant les pattes arrière appuyées contre le mur seulement, prête à m'enfuir.

A. est assis devant la table vide, ne sachant encore que faire de son repas.

Quand il me voit, il ne semble pas très surpris. Il a l'air de se demander d'où je peux sortir, puisque je n'ai pas de collier au cou. Il se souvient que les policiers ont trouvé les traces d'un chat dans sa maison. Cet animal a dû être le témoin du départ de sa femme. Il m'observe curieusement.

Tout de suite je sais qu'au moins il ne me déteste pas. Ses pieds sont confortablement enfoncés dans ses pantoufles. Les orteils de son pied gauche ont remué deux fois, comme pour me saluer. Alors je me dresse sur mes pattes arrière, frotte deux ou trois fois la joue contre le cadre de la fenêtre, et m'assois sur le bord. Je ne le regarde pas, mais tends les oreilles. Un oiseau passe à ce moment. Je détourne la tête pour écouter. Mais je ne me laisse pas distraire. Je reste attentive à la réaction de A.

C'est la première fois qu'il me voit sous ma nouvelle forme. Cela me donne de l'espoir de savoir que, sans que ce soit un coup de foudre, du moins il n'y a aucune hostilité dans son regard. J'y vois même une certaine douceur, une reconnaissance pour ma visite à cette maison devenue maintenant isolée et suspecte aux yeux de tous, à cause des mystérieuses disparitions successives d'un enfant et d'une femme.

Ainsi, A. et moi nous sommes ensemble pendant quelques bonnes minutes, lui assis dans sa chaise, moi à la fenêtre comme encadrée dans un tableau rempli de ciel, de nuages et de branches d'arbre, comme faisant partie du paysage quotidien qu'il contemple.

Puis il se lève, ouvre le frigo, sort un sac de pain, quelques légumes, un paquet de viande fumée et se met à faire ses sandwichs.

Je me lève aussi. Je fais un pas sur le rebord de la fenêtre, en le consultant du regard. Il coupe le pain soigneusement. Je pose les pattes l'une après l'autre sur le comptoir. Sans lever la tête, il laisse glisser un filet de viande par terre. Je devine que c'est pour moi. Je saute sur le plancher. Avant de toucher à la viande, je fais un tour autour de ses pieds, timidement, en exécutant un rapide frottement contre sa cheville. Quand j'ai fini de manger la viande, je pousse un petit cri pour en réclamer davantage, mais sans insistance. Cette fois il baisse la tête pour me regarder, avec cet air ironique que je lui connais bien. Il hésite. Mais il se résout à mettre une petite assiette de viande sur le plancher. Quand il s'est servi un jus, il a pensé à me donner un bol d'eau. Il a encore oublié d'acheter du lait.

Après le repas, il retourne à son fauteuil. Il ne lit pas. Il reste là longtemps les yeux fermés, ainsi que je le faisais autrefois. On dirait qu'il cherche à savoir ce qui a dû se passer dans ma tête quand j'habitais ici. Il entrouvre les yeux de temps en temps. Il voit les imperceptibles changements de lumière sur les murs, sur les meubles et à la fenêtre. Je m'installe sur le tapis devant le fauteuil, me nettoie et me couche. Il semble content de ma présence. Il ne bouge pas, quand je me lève pour boire de l'eau dans la cuisine et pour ensuite faire mon tour dans le jardin de notre voisin. Je reviens aussitôt auprès de lui. Je crois qu'il m'attend, dès que je rentre, il se met à balancer son fauteuil. Je m'aventure à monter sur le bras du fauteuil. Avec prudence je mets doucement mes deux pattes sur ses genoux. Il arrête de balancer. Nous restons ainsi pendant un instant. Puis je redescends sur le tapis.

Plus tard, quand je me réveille, le soleil est déjà sorti de la pièce. A. est encore là. Je m'approche de lui, lui lèche un peu la pantoufle, et me dirige vers la cuisine. Je m'arrête devant mon assiette vide et mon bol d'eau. Je joue avec l'assiette en la repoussant avec ma patte et la faisant glisser vers le frigo. A. me rejoint aussitôt. Il se penche vers moi, m'écarte légèrement pour retirer l'assiette sale qu'il jette dans l'évier. Je m'assois sur mes pattes arrière, le regarde en silence. Il sort une autre assiette et un morceau de poisson qu'il a rapporté de ses courses ce matin. Je reconnais le type de papier rosâtre de la poissonnerie que nous fréquentons. Il en coupe le quart, le réduit en petits morceaux. J'ai bientôt devant moi une assiette de poisson cru que j'adore. Il n'a pas oublié de changer l'eau de mon bol.

Puis il met le reste du poisson dans une poêle brûlante, avec de l'huile et de l'ail. J'avale mon repas et me nettoie rapidement. Bien reposée et le ventre rempli, je ressens tout à coup une énergie débordante. L'atmosphère du dehors m'appelle. L'odeur de la pelouse, le chant des oiseaux, les cris des enfants, les toits des maisons sous les tendres rayons de la fin d'après-midi, le vent du soir qui s'élève et l'air refroidi, tout cela éveille en moi une exaltation que je n'ai pu sentir auparavant. Pendant que A. fait sa cuisine, je sors, sachant que je peux revenir me coucher ici quand je le veux.

Je suis ivre de bonheur. J'ai encore ma maison. Je n'ai pas perdu A. Notre relation a changé de nature, mais nous sommes encore en relation, et on s'entend beaucoup mieux qu'avant. Je trouve dans notre nouveau rapport plus d'équilibre, plus d'égalité dans les faits, plus de vérité et de paix, depuis que A. devient mon maître et que je me suis fait domestiquer.

Je suis convaincue qu'A. ne peut réussir une telle

harmonie avec aucune femme de ce monde. Elles ont toutes au moins un minimum de conscience de soi, de valeur individuelle, un minimum de fierté propre à l'espèce humaine. En cela elles ressemblent trop au sexe opposé. Elles envient trop la vie des hommes. Et il y a des hommes qui envient des femmes. Ils veulent tous dénier leur différence. Ils s'imitent parfois tout en dévalorisant l'autre. Ensemble, ils n'éprouvent jamais vraiment de contentement.

J'ai laissé tout cela derrière moi. Maintenant je comprends mal le sentiment de supériorité, le complexe d'infériorité, etc. Je m'aime à ma façon. Je ne me soucie que de mes poils, de mon ventre, de mon confort. Je flatterais mon maître volontiers s'il était capable de responsabilité, s'il s'occupait de moi de son mieux, comme il s'occuperait d'un enfant. Notre race est entraînée à être dépendante et à être des enfants éternels sans être moins sauvages, moins libres. Ce n'est pas du matérialisme, puisque nous nous contentons du minimum, de l'élémentaire, nous ne comprenons pas le luxe ni la possession, même si nous tenons à notre territoire que nous céderons facilement au premier venu. Nous sommes incapables de comparaison avec nos semblables, de jalousie et de sérieux ressentiment envers nos maîtres. Nous sommes contents de ce que nous sommes, de ce que nous avons.

14

Je me suis fait un nouvel ami dans le quartier. Ses poils sont d'une noirceur pure et complète.

Il habite dans la maison à côté de la pâtisserie, avec le géologue et sa femme. Ses maîtres se plaignent souvent de cette boutique qui salit la ruelle à l'arrière. Cela les déprime chaque fois qu'ils passent là pour garer leur voiture. Ils parlent même de déménager, mais ils sont toujours là.

Moi, en revanche, pour la première fois depuis tant d'années de voisinage, je commence à apprécier la pâtisserie, parce qu'il s'y trouve des rats. Il semble que ce soit même leur point de ralliement. Dans la nuit, j'en ai vu quelques-uns accourir, trottinant en pleine rue, puis s'engouffrer dans un tuyau à la hauteur de la pâtisserie. Je ne les chasse pas, ils me dégoûtent. Et pourtant leur existence me rassure, me donne un peu de confiance en moi-même, me rend consciente du peu de force et de pouvoir qui me restent, m'inspire la fierté d'être quand même au-dessus de quelque chose. N'est-ce pas, tout est relatif.

Quand par hasard je suis passée devant la maison du chat noir, il est venu vers moi, puis il s'est tenu à une distance respectueuse pour mieux m'observer. Je me suis avancée lentement vers son jardin. Il ne protestait pas. Il s'est retourné, il a fait quelques pas, il s'est arrêté de nouveau. Il semblait vouloir m'inviter. Alors je l'ai suivi. Nous avons couru l'un derrière l'autre dans le potager de sa maîtresse, avons piétiné quelque salade. Puis il est rentré manger dans la salle de bain où se trouvent ses bols de nourriture. Il est parfaitement content d'utiliser la salle de bain comme salle à manger et n'a aucun doute sur l'affection de ses maîtres pour lui.

Il me paraît évident que mon ami ne s'interroge jamais sur sa place dans sa maison. Ce qu'on lui donne il le reçoit pleinement, et il ignore ce qu'on ne peut lui donner. Ses maîtres le trouvent beaucoup plus facile à élever que leurs enfants, beaucoup plus attendrissant. Il ne comprend pas ce qu'est le manque, l'insuffisance, l'envie et la rancune. Il vit sereinement et heureusement, sans laisser entrer dans sa tête les idées qui lui causeraient de la peine. Des idées sur le possible et l'impossible, sur la justice et l'injustice, sur les inégalités et l'égalité parfaite. Le possible et l'impossible, cela ne veut rien dire pour lui. Car toutes les réalités, aussi différentes qu'elles puissent être les unes des autres, sont également justes. En fait il est incapable de penser. L'incapacité de penser est un don pour le bonheur et une garantie de paix et de stabilité pour son entourage. Le jour où les humains recevront quelques gènes de notre race, surtout celui de ne pas penser, combien de relations seront pré-servées, de luttes évitées, combien le monde se trouvera en meilleur état.

Et malgré ma récente transformation, je com-prends encore trop de choses. Je porte encore en moi des traces d'humanité, notamment cet immense amour-propre, cette conscience démesurée de soi qui m'empêche d'atteindre à la sérénité que je perçois dans les allures insouciantes de mon nouvel ami.

Mon ami est entré chez lui par la fenêtre. Il s'at-tendait peut-être à ce que je le suive, que je partage son plaisir de manger auprès des toilettes. J'ai entendu le bruit frénétique qu'il faisait en remuant son repas séché et dur dans le fond de son bol. Ce sont des cro-quettes de viande de qualité douteuse que son maître trouve sans doute en vrac dans un supermarché.

J'espère que bientôt A. me donnera quelque chose de croustillant comme cela. Mais juste un peu, car je ne pourrais, sans nausée ni sombres intentions, par exemple celle d'une grève de la faim, d'une fuite défi-nitive ou même d'un suicide, consommer des aliments d'un même goût et d'une seule texture des mois durant comme le fait aisément mon ami.

Je suis plutôt contente des repas frais que j'ai eus aujourd'hui. Je mange humainement. A. fait très attention à la nourriture. J'ai confiance en lui, et sur ce point j'ai de la chance. Comme je n'ai pas faim, j'ai laissé mon ami et continué ma course dans la ville. Les voisins me reconnaissent maintenant. Ils savent

que je suis une nouvelle habitante de la maison de
A. Depuis, ils ne me touchent plus. Je leur semble
moins mignonne, j'ai même l'air d'avoir un problème,
parce que je suis entrée dans une maison à problèmes.
J'aurais peut-être besoin d'une visite chez un, ou plus
probablement chez une, psychologue vétérinaire. Heureusement cette profession n'existe pas encore pour
mon peuple. Quand je passe devant eux, ils inter-
rompent ce qui les occupe et me regardent curieusement. Parfois, quand ils sont en groupe, ils parlent
de moi à voix haute, sans scrupules, ignorant que je
puisse encore les comprendre. Ils sont toujours pires,
toujours si faux, quand ils se rassemblent.

La pâtisserie ferme tôt le dimanche. Cela me
soulage. La patronne ne me nourrit plus. Cet après-midi,
en m'apercevant de loin, elle a fermé la porte promptement. Je n'ai pourtant aucune envie d'entrer dans
sa boutique. Comme je n'aime pas trop les sucreries
que je mange seulement quand je suis affamée, je
regrette que notre maison soit si proche d'elle, que
A. et moi nous soyons obligés de passer devant elle
pour nous rendre chez nous. Je suis sûre qu'A. ressent
la même chose, qu'il est espionné et jugé non moins
sévèrement que moi, par la patronne mais aussi par
tant de gens qui vont et viennent dans sa boutique et
s'y arrêtent pour causer.

Je me suis longtemps amusée dans les jardins, et
aussi sur les toits, jusqu'à ce que la nuit tombe. Mon
ami est venu me rejoindre. Quand les jeux commen-
çaient à nous ennuyer, nous avons couru au fleuve.

Dans des rues obscures nous avons perçu des créatures s'enfuyant sur notre passage. Nous nous sommes promis de nous en occuper plus tard dans la nuit. Arrivant au bord de l'eau, nous sommes restés quelque temps à contempler les lumières d'en face, quelques bateaux dans la rade, à sentir la vie nocturne dans l'eau, à écouter les sauts à la surface.

Quand je rentre, les lampes d'en bas sont éteintes. A. est en train de se brosser les dents là-haut. Je monte le voir et me frotte un peu contre ses jambes, puis je m'étends devant la porte de la salle de bains. Il n'a pas levé les yeux sur moi, n'essaie même pas de m'observer dans le miroir au-dessus de l'évier. Quand il a fini, il m'enjambe pour se rendre dans la chambre. Sans encore ébaucher de geste de tendresse, il semble déjà accepter ma présence. Il agit comme si nous étions un vieux couple, comme si ma venue dans cette maison était une chose prévisible, naturelle, évidente, pour laquelle aucune attention particulière n'est nécessaire et une cérémonie ne fera que freiner la familiarité naissante entre nous.

Bientôt A. s'habitue à sa nouvelle vie sans moi, c'est-à-dire sans moi en tant que femme. Au bout d'une semaine, il peut déjà circuler normalement dans la maison, calme et détendu. Il commence à faire des courses le soir avant de rentrer. Il se fait un vrai repas tous les soirs, dont il laisse comme exprès quelques restes, qui font mes délices de la nuit, avant l'aube quand je reviens de mes excursions et qu'il dort.

Quant à ces repas plus que satisfaisants pour moi, parfois même plus élaborés que ceux qu'il préparait avant, je ne peux m'empêcher, pendant mes longues promenades nocturnes, de ressentir un trouble dans ma nouvelle joie que j'aurais voulue paisible.

A. me paraît un peu trop patient et calme, sa cuisine faite avec un peu trop de soin, son habit un peu trop propre, son dos trop droit, son sommeil trop facile. Il ramène toujours autant de paquets à lire pour occuper ses soirées. Il reste longtemps devant son ordinateur, mais jamais de façon exagérée. Il suit la même routine qu'avant. Une routine presque militaire. Il ne tourne pas en rond dans la maison ni ne sort pour boire. Bien sûr aucune larme. Je crois qu'il ne s'est même pas masturbé, tant son désir diminue d'année en année, à mesure que ses cheveux blanchissent, que notre vie de couple devient une habitude et que nous devenons essentiellement des colocataires. On dirait qu'il ne lui manque rien, qu'il n'est en deuil de rien, que la vie qu'il mène en ce moment sans moi n'est de toute façon pas très différente de celle qu'il a menée auparavant. Ou bien cette nouvelle vie sans conflit, sans ma présence oppressante, est ce qu'il souhaite depuis longtemps. Maintenant il n'a qu'à suivre concrètement le chemin du célibat, de la liberté et de l'autonomie, chemin déjà tracé dans sa tête quand il était encore marié, à se réjouir de la disparition formelle de son épouse. Il se rend compte maintenant seulement qu'elle lui a été complètement superflue. La futilité de mon existence antérieure dans la vie de A.

me rend triste, quoiqu'elle fût prévue et compréhensible, car sans cela je ne me serais pas transformée.

Peut-être suis-je revenue trop vite à lui sous ma nouvelle forme, ai-je trop vite rempli le vide que j'ai moi-même créé en partant, l'absence de sa femme malheureuse étant vite compensée par l'apparition d'une chatte consentante, de sorte qu'il n'a pas eu le temps de sentir le changement, de connaître le visage menaçant de la solitude, de prévoir le commencement d'une vie désormais instable.

15

Le dixième jour, si je compte encore bien, comme je ne suis pas revenue prendre mes affaires, et que je n'ai donné aucun signe de vie, A. reçoit la visite d'un inspecteur.

Celui-ci commence par examiner la maison entière, y compris tous les tiroirs.

La robe de soie que je portais la nuit de ma disparition, la nuit où j'ai fait le rêve de chasse en forêt, s'étale encore sur le côté gauche de notre lit conjugal, avec une petite déchirure au niveau du col, dommage sans doute causé par les ongles trop longs et trop aigus de mes pattes. A. a pris la précaution de ne rien toucher, sachant que les autorités ne le lâcheraient pas facilement cette fois.

Mais peut-être pense-t-il aussi que sa femme reviendra un de ces jours, dans la nuit, après un cauchemar, après l'enlèvement par un diable, ou un voyage dans le temps, après une métamorphose quelconque, pour se glisser dans cette robe de nuit, avec un corps vivant, conforme à la coupe et à la taille de la robe, pour occuper à nouveau la place qui lui est réservée dans ce lit.

Mes pantoufles restent encore près de la commode. Sur la table de chevet, il y a le livre de cuisine ouvert sur une recette longue et compliquée que je voulais essayer pour les invités.

Mais A. raconte que son épouse étudiait les livres de cuisine sans arrêt mais qu'elle cuisinait rarement, que le couple a dû fréquemment commander les repas chez des traiteurs.

Très moderne, ma femme, dit-il, très libre, jamais soumise à personne, ne suivant aucune idéologie, aucune doctrine, elle fait toujours ce qu'elle veut, contrairement à ce que laisseraient croire sa voix douce, son corps frêle, son air modeste et innocent. Elle possède une force de caractère incroyable, non il ne faut pas se tromper, et quelle férocité parfois, quelle violence verbale, et cela vous vient brusquement, cela monte comme du lait bouillant et vous surprend au moment où vous vous y attendez le moins, cela vous frappe jusqu'à l'étourdissement, cela vous tue, un caractère pénible, invivable…

Et il s'interrompt là. L'inspecteur l'examine silencieusement. Il est dangereux de parler trop. On s'égare et on se perd toujours dans des paroles dont le trajet, de l'émetteur au destinataire, est imprévisible, les paroles qui se trahissent, se détournent, se réduisent ou s'amplifient en route, selon le ton et les circonstances, selon les oreilles qui les écoutent, mais selon aussi d'autres organes réceptifs.

L'hypothèse du suicide serait facilement soulevée, compte tenu de cette discordance en moi, de cette névrose, de cette prédisposition aux actes extrêmes, aux affranchissements hardis et dangereux, ce signe préalable de crise, de l'incontrôlable pouvant me conduire au pire. Les autres détails que fournit A. accentuent cette hypothèse. Il a l'air d'y croire sincèrement.

Or, d'après l'inspecteur, le problème est qu'on ne trouve pas mon corps. Le fleuve au bout de la ville aurait pu m'emporter loin, mais il est difficile de m'imaginer courant toute nue dans des rues, même en pleine nuit, afin de me jeter moi-même dans cette eau apparemment tranquille, avec des tourbillons sournois. A moins que, dit-il en lançant un coup d'œil rapide sur A., quelqu'un ne m'ait aidée, ne m'ait peut-être même portée jusque là, ou conduite dans une voiture, me mettant sur le siège avant, me couchant sur le siège arrière, qui sait, ou enfermée dans le coffre...

L'inspecteur sort de la maison pour fumer.

– Je reviendrai, dit-il d'un ton effrayant.

Entre-temps il fait un tour dans le quartier en s'adressant aux gens qu'il croise, qu'il aperçoit pardessus la haie d'un jardin, ou qu'il arrête dans une voiture à la sortie d'un garage. Il va dans la pâtisserie, qui lui semble incontournable, boire une tasse, afin de se renseigner auprès de la patronne. Les voisins confirment tous qu'ils n'ont rien entendu de particulier cette nuit-là.

Pas de querelle, lui aurait affirmé la pâtissière, de cri, de lutte, de verre cassé, de porte claquée, de course. Jamais rien de cela dans une rue comme celle-ci, voyons, dans cet endroit respectable. Ici on meurt de toutes sortes de choses, il est vrai, des maladies les plus atroces et des souffrances les plus épouvantables. Des tortures même. De paisibles violences. Des agressivités passives. Mais au calme, en silence, avec dignité. Jamais rien en surface. Sur cela, les assassins et les victimes sont d'accord. Il faut un minimum de contenance dans la vie. Il ne faut pas de débordement. Cela ne serait pas possible. Quoique, aurait ajouté quelqu'un d'autre, l'air embarrassé de devoir dire du mal dans le dos d'autrui, d'une femme déjà infortunée, concernant l'épouse de A., il s'agit d'une personne difficile, hors norme, pas du tout intéressée aux autres, qui venait à la pâtisserie, rarement d'ailleurs, juste pour les gâteaux, juste pour les *choses*, qui est arrivée dans cette rue uniquement pour suivre un homme que visiblement elle n'aimait pas.

En tout cas, nul ne semble très étonné qu'un événement comme celui-ci ait pu se produire dans ce foyer. Un enfant s'en est déjà enfui. Il paraît que le couple est capable d'actes extrêmes. Surtout la femme, venue de nulle part, connue de personne, n'étant pas ancrée là où elle habite, pas du tout assimilable. Elle marchait dans notre rue, parmi nous, comme si elle se trouvait seule, dans une forêt, elle ne regardait aucun voisin, ne saluait jamais. Il fallait toujours que les autres fassent le premier pas, elle semblait attendre qu'on s'approche d'elle à genoux, pour quémander son attention, ou pour simplement maintenir une politesse nécessaire entre personnes civilisées. En général elle s'enfermait, elle s'emprisonnait. On ne sait si c'était par peur ou par dédain vis-à-vis des autres. C'était peut-être les deux. Et pour quelle raison et de quel droit! Cette névrose et cette antipathie, on savait qu'elle n'irait pas loin avec cela, qu'elle arriverait vite au bout de ses limites, de son humanité, qu'elle éclaterait, ou qu'elle se contraindrait à éclater.

Il faudrait se mettre à la place de celui qui vivait avec elle au quotidien. Leur maison ne recevait plus personne. La porte était fermée. La femme semblait s'étonner de ce que son mari ait possiblement besoin d'une autre compagnie que la sienne, qu'il ne lui suffise pas de longuement faire entendre à sa femme toutes ses préoccupations à lui, mais qu'il ait encore besoin de distribuer sa parole aux autres. Car, si la présence et l'attention des autres le stimulent, A. n'écoute jamais personne. C'était une communication à sens unique. Mais quelle communication n'est pas utopie, n'est pas à sens unique, n'est pas pure vanité, pure perte de temps et de salive? Comparé à la profondeur du trou où elle est maintenant descendue, qu'est-ce qui de ce monde n'est pas superficiel? La femme passait des semaines et des semaines sans sortir. De l'herbe poussait donc jusqu'au seuil de leur maison. Des champignons devaient se former à l'intérieur.

Le mari, dit-on, a contacté une psychologue dont le bureau est à environ un kilomètre d'ici, dans le bâtiment médical desservant surtout le quartier.

Il semble que la femme non seulement ait refusé de se présenter au rendez-vous, mais qu'elle en ait été furieuse. Car une telle démarche, typiquement moderne, fondée sur l'illusion de pouvoir tout réparer, tout régler, et aussi bien les êtres que les choses, aussi bien l'esprit que le corps, était selon elle une preuve d'arrogance de la part de son mari. Une incompréhension totale de sa personne. Une attaque contre sa nature à elle. Un déni de son droit à être elle-même. Une négation même de son existence en tant qu'elle-même. Une tentative de l'écrasement de l'autre. C'est de l'amour, ça?! Non, elle n'a pas de problème. Elle est même parfaite avec son tempérament particulier, reflétant la complexité humaine, jouissant du droit à la différence. Si son partenaire pense le contraire, c'est bien lui qui est borné, qui a une faible capacité de tolérance et d'acceptation, un problème de perception, de compréhension. Un problème très grave, mettant en question la qualité de son cœur et aussi de son esprit, ainsi que le fondement de leur relation. Ce n'est alors pas elle qui aurait besoin des consultations. Il n'y a rien à consulter. Qui aurait pu bien la guider? Quelle psychologue pourrait prétendre connaître sa situation et la mettre dans une catégorie, lui faire « travailler » sa nature, la faire « changer », la faire ressembler à tout le monde? Il y a des malhonnêtes qui font le contraire, et font payer les gens juste pour des flatteries et des consolations faciles.

Il semble que l'homme ait fini par se rendre lui-même au bureau de la psychologue pour se vider de ses idées sombres, de l'indignation qui le remplissait, afin de se réorienter dans cette relation, c'est peu dire, déroutante.

Cette nuit-là, se rappelle-t-on, un chien a hurlé une ou deux fois, mais sans insistance, sans signe alarmant. Quelques-uns ont entendu des sauts dans les buissons, ils pensent que c'étaient vraisemblablement des chats. Il y en a plusieurs dans le voisinage. Ils se nourrissent dans plusieurs foyers, se promènent librement d'une fenêtre à l'autre. Ils mènent une vie de communauté, ainsi qu'au commencement du temps des humains, se montrant plus solidaires que leurs ancêtres. Ce n'est pas une rêverie. C'est possible, actuel, et même banal. On les aime mieux que nos voisins. Ils sont moins problématiques. Et si c'est nécessaire, on s'en débarrassera facilement. On ne se laissera pas ennuyer par des juges, par des enquêteurs...

Cela dit, ils se détournent et replongent dans leurs propres affaires, car l'inspecteur vient de leur lancer un regard terrible.

16

L'inspecteur court aussitôt au bureau de la psychologue.

Il n'y a personne à l'heure de la pause de midi. La psychologue est en train de manger dans une boîte en plastique. L'homme se présente, et elle pose le récipient.

Cette femme d'âge mûr, au physique quelconque, au charme calculé, pas sotte, a le portefeuille bien rempli. Tout cela la prédispose à une vie solitaire. Elle habite avec son chat depuis longtemps. Elle ne supporterait pas un homme inférieur à elle selon ses critères. Quand une femme quitte un homme qu'elle ne juge pas assez bon, elle comprend très vite qu'elle ne trouvera pas mieux. La dissolution de la famille et du couple est, de toute évidence et dans la plupart des cas, au détriment de la femme et au profit de l'homme. Cela, la psychologue le comprend bien.

Elle est jalouse de toutes les épouses et amoureuses dont l'existence trompeuse, pleine de compromis et de savoir-faire, semble lui nuire, accentuer son célibat, faire douter de ses qualités féminines, l'esseuler davantage. Car tout est très relatif. Elle est venue à la psychologie après son divorce, mais son métier ne l'a pas aidée. Elle n'encourage jamais la réconciliation des couples. Cela demanderait trop d'effort. Cela coûterait trop cher. Cela ne pourrait jamais marcher. Cela rate toujours. Elle se range du côté de l'homme contre la femme, et du côté de la cliente contre l'homme. Elle enseigne l'art de vivre seule. Sans espoir de se remarier ou d'établir une relation stable, elle forme une famille avec les célibataires du quartier dont le nombre croît d'année en année, en même temps que la population des chats. Souvent, même en dehors de son bureau et des heures du travail, et comme pour répandre davantage son influence, on la voit en tête-à-tête avec des hommes et des femmes en difficulté dans leur vie affective.

Maintenant qu'elle voit se passer des choses dans la maison de A., que le couple ne peut plus rester ensemble à n'importe quel prix, qu'elle a récupéré deux personnes dans son camp des libres, des incorruptibles, elle s'adoucit tout à coup envers A. et aussi envers la femme, se montre capable de compassion et de nuances dans ses jugements. De sorte que l'inspecteur n'a pu obtenir d'elle de matériel substantiel pour garder le dossier ouvert.

Mais par prudence, il revient sonner à notre porte.

A. lui ouvre promptement. Il installe l'inspecteur dans la cuisine et lui apporte un verre d'eau du robinet. Il se montre poli et froid. Commence un long interrogatoire sur notre vie conjugale dans les détails embarrassants, sur l'enfance de A., sur ses contacts avec d'autres femmes, avant et pendant notre mariage, sur les circonstances de notre rencontre, sur ce que A. a fait le jour de ma disparition, les événements marquants des jours, des semaines et même des mois précédents. A. s'est sans doute bien préparé, se servant des expériences de nombreux examens et interviews qu'il a dû subir et où il a triomphé au cours de ses longues études et de sa longue carrière. L'inspecteur écoute et ne trouve rien à noter. Il se lève de la table et demande à mon mari de l'appeler dès qu'il aura des nouvelles de moi.

Avant de s'en aller, il fait un dernier tour de la maison. Il semble attiré par les ossements de toutes sortes, souvent incomplets, qui emplissent les pièces, tapissent les murs, couvrent les surfaces des meubles, et constituent presque notre seul décor. En haut d'une bibliothèque il prend un crâne humain, imparfait malgré les soins de A., et il le tourne et le retourne dans les mains. En le reposant à sa place, sans même regarder le collectionneur, il demande brusquement à voir la cave. L'air contrarié, A. le guide vers l'escalier et descend le premier.

La porte est fermée à clé. La serrure résiste. On entend un grincement de bois pourrissant, de fer rouillé. Il allume la lampe. L'inspecteur a failli glisser sur un fragment d'os dont on devinerait difficilement la nature. La cave n'étant pas grande, des pierres et des squelettes débordent des étagères et envahissent le sol.

Au premier abord, cela ressemble à un site monumental où semble avoir eu lieu, à une époque lointaine, un enterrement en masse, toutes espèces confondues, à la suite d'un séisme ou d'un massacre. Mais on remarque aussitôt que, dans les limites de l'espace disponible, beaucoup de pièces sont codées, que déjà un travail considérable a été fait minutieusement, un ordre a été imposé à ces résidus de vie disparates, découverts au hasard, que ces derniers sont censés être la représentation de certaine existence passée. A. veut qu'ils soient porteurs d'un sens, que ce sens corresponde à sa propre interprétation de l'évolution du monde.

Je n'ai jamais compris ni voulu comprendre ce qu'il veut exactement. Tout comme jadis je regardais mon enfant s'amuser avec ses jouets, le cœur empli de tendresse comme devant un artiste appliqué et emporté, sans cependant éprouver le besoin de connaître son jeu ni l'ambition de son œuvre, sans y voir une nécessité de créativité, ni pour autant une importance quelconque de l'interprétation de la vie. L'univers existe en dehors de cela, en dépit de ses jeux.

Quelle découverte un archéologue peut-il bien faire ? Je me le demande. Il invente et réinvente le réel. Il dit et se contredit. Rien n'est jamais entièrement utile. Rien n'est entièrement réel.

A. déteste les rêveurs, les flous, les incapables, les êtres privés de rigueur comme les chats mais aussi, sans aller jusqu'à être chats, les flottants sans terre solide. Il est de ceux qui disent : nous faisons de la science, vous faites de l'art. Nous ne sommes pas dans le même camp. Nous sommes aristocrates, vous êtes du peuple. Nous sommes maîtres, vous êtes subalternes. Passez votre vie à chanter et à danser, c'est beau, c'est touchant, notre race supporterait cela, se paierait cela, ce superflu, ce gaspillage, ce luxe, ces amusements, ces caprices, mais laissez-nous tranquillement faire nos recherches, permettez-nous de vous apprendre le pourquoi et le comment de la vie et des choses, de vous nourrir la tête, de vous ouvrir les yeux, de vous montrer les faits, de vous tracer une voie. Vous voulez, vous aussi, lire ce que, nous, nous écrivons ? Mais on vous prévient, c'est de la science, ce n'est pas de la fiction. Ce serait trop lourd pour votre digestion. Il s'agit d'un vrai travail. C'est du vrai. Oui, il nous faut cela, chercher, tâtonner, renier, renverser, établir, prouver, conclure, afin de ne pas nous ennuyer, surtout de ne pas tomber dans la futilité. Pardon ? Nous rêvons nous aussi ? Nous nous égarons aussi parfois, et même souvent ? Alors vous voulez nous insulter. On ne rêve ni ne plaisante avec des calculs, des mesures, des outils. On travaille, c'est tout. Et on ne rate rien. C'est une longue marche, il y a des détours, des impasses, bien entendu, mais on ne perd jamais le nord. On sait ce qu'on fait, on va toujours quelque part, et on finit par y arriver. On mène toujours nos projets à terme. On arrive toujours là où on veut être. On obtient toujours ce qu'on veut.

Passe ton temps à contempler, ainsi me disait A., mais permets-moi de m'en aller, j'ai du travail.

En cet instant, la localisation en masse de ces corps anciens, cette migration posthume et passive d'êtres d'autres temps jusqu'au fond de notre maison, jusque dans nos cauchemars, ce spectacle désolant d'une vie éteinte à jamais et d'une mort exhibée en permanence a, pour l'inspecteur, quelque chose de vertigineux.

17

L'inspecteur n'a pas osé rester plus longtemps dans la cave humide, verdâtre et poussiéreuse, en compagnie de l'archéologue A., de cet homme quelque peu déséquilibré et problématique, paraît-il, dangereusement masqué sous l'éducation et le savoir, aux goûts étranges, qui a une tendance au scandale. La disparition d'un enfant et d'une femme de sa maison en dit long sur lui, même sans preuve.

Le visiteur remonte aussitôt, mais d'un pas plutôt désinvolte, comme s'il avait déjà obtenu ce qu'il voulait. Je l'entends complimenter A. pour son métier qu'il qualifie d'imaginatif, d'artistique même, sur un ton qui insinuerait que c'est même moins que rien, que c'est plutôt une occupation de femmelette, quelque chose de fade, mou et décadent. Il finit par lui taper sur l'épaule, en ricanant.

Je peux pourtant sentir sa peur et son désir de s'enfuir. Cette fausse familiarité et cette manière vulgaire qu'il se permet de prendre à l'égard de A. me mettent hors de moi. J'ai envie de lui sauter à la tête et de lui donner un coup de griffe au visage. Ces gens-là n'ont pas été à l'école assez longtemps, n'ont pas appris assez la politesse, n'ont peut-être pas eu de parents. Je me retiens seulement pour ne pas causer davantage d'ennuis à mon maître. Je suis désolée de le voir tomber entre les mains de cette brute, de ce crétin, de se laisser envahir dans son intimité, de perdre son temps et sa tranquillité, d'être angoissé et humilié à cause de moi. Je ne permets pas qu'on se moque de lui et de son travail qui est tout pour lui, malgré tout ce qui s'est passé entre nous, malgré ce froid installé entre nous depuis longtemps, tel un vieillissement prématuré ou la malformation d'un sentiment pourtant sincère, sentiment d'une nature que j'ignore encore, car il s'agit sans doute d'autre chose qu'un amour ordinaire entre un homme et une femme.

L'univers est tellement sans bornes, j'ai vécu un temps tellement démesuré que je ne peux comprendre la hiérarchie et la différence de valeurs dans les démarches et les entreprises de l'humanité. De toute façon, elle n'arrête pas de marcher en zigzag, d'avancer à reculons, en faisant du surplace la plupart du temps, ses singeries l'emportent sur sa prétention à la grandeur. Les humains désireraient-ils un monde meilleur, un monde plus propre, un monde sans papier ? Et ils remplacent le papier par un écran nécessitant de l'électricité. Je crois qu'ils vont mourir de cela, l'électricité. De plus, l'écran est ce qui leur permet de tourner une page avec moins d'effort, de susciter moins de réflexes musculaire au niveau des doigts, de le faire en appuyant sur une simple touche. Et le jour viendra où la main sera complètement exemptée de tout effort, un petit souffle suffira à l'exécution de toute tâche. Devenues inutiles et suivant le sort de leur queue, leurs mains finiront par se détacher de leur corps et disparaître. Suivant cette tendance du progrès, d'autres parties du corps, de la tête aux pieds, seront non moins superflues, les voitures les aidant à marcher, les images les aidant à comprendre... Ainsi de suite, une invention après l'autre, libérant et annulant morceau par morceau leur corps et leur cerveau, invention produite par une intelligence admirable et sublime, suivie par une masse béate, droguée, digérant mal ce qu'on lui donne, ce qu'elle consomme.

Or, malgré ce type d'appréhension, depuis quelques jours, je sens naître en moi un sentiment nouveau envers A.

Il n'a plus, à mes yeux, ni défaut ni qualité, mais rien que du pouvoir.

Son pouvoir de représenter, dans cette maison, une espèce qui m'est devenue indifférente, dont l'extrême complexité mentale ne me dit plus rien, pour laquelle j'ai perdu mes critères de jugement et que je pourrais désormais côtoyer sereinement de la même façon que je côtoie les autres espèces, avec ni plus ni moins de considération que pour des fourmis par exemple, sans exaltation ni exigence, sans étonnement devant la coexistence de son animosité et de son raffinement.

Son pouvoir également de m'assurer un abri et

une vie douillette, m'accordant une liberté conditionnelle et bien mesurée, pour mon plus grand bien. Précisément je veux dire par là un contrôle de ma sexualité, sans doute dans le but d'éviter notre reproduction outre mesure.

Les humains nous aiment bien quand on n'est pas nombreux. La valeur de toute chose, de toute race, se déprécie justement par son nombre. Nous préparons notre propre fin en nous reproduisant. Nous nous mettons en danger lorsque nous voulons nous renforcer. Protégeons les espèces menacées. Tuons les trop nombreux. Vive la rareté, la fragilité, la belle décadence. Car ce qui est rare est précieux, la faiblesse est une originalité dans un monde où règne la loi du plus fort. Mes compatriotes qui redoutent les poubelles et préfèrent le foyer d'un maître ont dû tous subir une intervention, ayant sans doute compris l'importance de la chasteté dans le dévouement.

L'opération ne m'est pas encore faite, mais je la sais inévitable. Les chats de notre rue sont déjà tous devenus une nouvelle espèce. Ce sont des eunuques modernes, ils ont tous l'air de domestiques rusés, faussement soumis, faussement libres, paresseux, avides et sournois. Ils ressemblent plus à leur maître qu'à leurs ancêtres, car ils savent malicieusement cacher ou réprimer leur férocité pour mieux vivre. Cela s'appelle la sagesse. Il y a, dans leur allure lente et privée d'enthousiasme, sans doute à cause de leur nourriture à volonté et de leur chair pendante, quelque chose de fade, de crépusculaire, d'à la fois moderne et ancien.

Quand je me suis approché de mon nouvel ami voisin, en effet, j'ai cru sentir sur ses poils l'odeur de moisi qui imprègne notre cave. Je me demande même s'il n'est pas secrètement lié à la maison de A., s'il n'est pas, tout comme moi, issu de là lui aussi, de ces vestiges où nous vivons A. et moi.

Lorsque je lève la tête vers les promeneurs, je remarque qu'ils marchent aussi bizarrement que les chats, le teint pâle et le regard terne, le corps lourd, dont les mouvements sont souvent rapides mais indécis, s'arrêtant brusquement comme désorientés, ou comme pour capter une proie se trouvant sur leur chemin. Ils la tortureraient s'ils le pouvaient, s'ils échappaient à la surveillance de leur œil intérieur aussi bien que des yeux extérieurs, à tout hasard, sans vrai plaisir ni vrai désir, accomplissant un devoir que le destin leur impose, feignant peut-être un instinct qu'ils n'ont plus, jouant un rôle traditionnel que leur modernité ne leur permet pas, leur civilité les ayant rendus impuissants.

Il y en a qui méditent à la fenêtre, aussi réflexifs que des chats. Je n'ai jamais encore assisté à une opération de castration sur des humains. Dans la bibliothèque de A. il y a un livre sur cela. J'en ai lu la description. Il paraît que c'est assez douloureux. Cela se faisait dans le bon vieux temps. La méthode était moins sophistiquée qu'aujourd'hui.

De nos jours, l'intervention chirurgicale n'est plus en tout temps nécessaire afin d'obtenir l'effet de castration. Beaucoup de choses se passent mentalement. Il suffit, par exemple, de pousser les hommes et les femmes à penser à l'argent, ils se dégonflent aussitôt, soit par peur de perdre, soit pour détourner leur énergie sexuelle vers quelque chose leur permettant de réussir, de s'envelopper dans des succès qui les exciteraient comme l'alcool, quel que soit leur domaine.

Ainsi, les guerres les plus sanglantes apportent moins de fruits aux vainqueurs, détruisent moins les adversaires que la conversion générale d'un peuple au culte du gain matériel.

A part cela, la croyance à l'individualité les stérilise aussi efficacement. Leur désir simple s'amoindrit, leurs parties intimes de même, à mesure qu'ils se masturbent, qu'ils redoublent d'effort pour s'occuper d'eux-mêmes, pour s'investir dans ce qui se fait sans l'autre, sans la complication d'une relation, pour sans cesse construire, produire et croître extérieurement ou intérieurement, économiquement ou symboliquement, pour grandir à l'infini et ne jamais mourir, ou simplement pour survivre à tout prix.

Leur mine distraite et fantomatique suggère leur parenté avec moi, leur parenté avec les chats déchus de cette rue, de même leur provenance d'un peuple éteint, leurs origines, tout comme les miennes, se trouvant au plus près dans la cave de A., au plus loin dans les déserts étrangers.

18

J'ai eu, il y a longtemps, environ à l'époque de la perte de notre enfant, l'occasion de voir comment ils ont stérilisé le très jeune chat de mes beaux-parents.

C'était un bébé de quelques semaines, trouvé dans une clinique vétérinaire. Les parents de ce chat appartenaient à un commerçant d'animaux domestiques. Le bébé est né avec un petit problème que la clinique semblait avoir pu régler.

Frissonnante, je l'imaginais devoir désormais, séparé de ses parents et de ses semblables, vivre avec ce couple aux mains tremblantes, de moins en moins autonomes, marchant avec une canne.

Je le voyais remplir de sa palpitante jeunesse la vie monotone et extrêmement réduite de mes beaux-parents, remplacer les petits-enfants qu'ils n'ont pu avoir, leur rêve brisé à cause de moi, de mon incapacité à concevoir et aussi à garder l'enfant que j'ai trouvé, l'enfant qu'ils chérissaient et qu'ils auraient voulu me voler, qu'ils auraient élevé eux-mêmes non pas comme leur petit-fils, mais comme leur propre enfant. Je sentais les substances suaves, parfumées et relativement bon marché de ce chat s'écouler, se répandre et disparaître dans le logement qui n'était déjà pas très propre, parmi les affaires déjà très poussiéreuses de ses maîtres. Le soir, son corps chaud et ronronnant allait réchauffer momentanément les pieds glaciaux de ses propriétaires. Ceux-ci l'accepteraient dans leur lit à condition qu'il reste sagement au bout et qu'il ne s'aventure pas jusqu'à leur oreiller. Ils voudraient maintenir cette hiérarchie tout en sachant que la vie montante de ce chat valait plus que leur vie humaine au bout du déclin.

Ce qui les rend laids à mes yeux, ce n'est pas tant la défaite de la vie dans leur corps que cette injustice consciente, cette malhonnêteté dont est dépourvu leur animal.

Parce qu'il était encore trop jeune, on a dû attendre quelques mois pour l'opérer et lui assurer une sérénité éternelle.

Le jour venu, nous nous sommes tous rendus à la clinique, solennellement, comme pour assister à une célébration.

Il faisait beau. C'était le printemps. Les premiers bourgeons apparaissaient sur les arbres. Les oiseaux chantaient. Les voisins se croisaient. Les plus solitaires sortaient de chez eux. Les plus déprimés faisaient des projets. La volonté de vivre était apparente dans chaque vibration de l'air, de son, de tissu.

A. et moi avons accompagné le couple avec leur chat en voiture. Le chat s'agitait dans la cage. Il ne touchait pas à la nourriture. A peine a-t-il léché le bol d'eau, tellement l'air était sec dans la voiture. La clinique se trouve dans le même bâtiment que le cabinet de la psychologue de A. L'accueil fut bon. Le rituel court. On nous avait fait attendre dehors.

L'intervention semblait facile. Nous n'avons pas entendu le moindre gémissement. Tout a été fait en silence. Et humainement, l'atmosphère étant tout à fait aimable et bienveillante. Il n'y a eu, semble-t-il, aucune douleur.

La vétérinaire devait avoir de l'expérience. De ses mains fines et longues, elle avait sans doute coupé ou cousu les parties intimes de nombreux chats. Probablement tous les chats du quartier la connaissent. Ils doivent trembler et se précipiter sous une voiture, lorsqu'ils la croisent dans la rue, elle dans sa jupe toujours belle et changeante selon les saisons, reflétant la tendre élégance réglementée de l'univers humain.

Quinze minutes après, le bébé pouvait déjà marcher. Encore trop faible pour manger cependant. Compte tenu de la rapidité avec laquelle un bébé chat se remet de sa naissance, il ne s'agissait pas ici d'une convalescence vraiment rapide.

Tout le monde lui souriait donc et lui courait après. Tous faisaient semblant d'ignorer la nature immonde de l'intervention : ce chat, à peine né, venait de perdre une partie essentielle de son corps, condamné à une vie sans sensualité intense, une vie d'après-ménopause semblable à celle de ses maîtres, une vie de moine ou d'esthète, une vie spirituelle, une vie autre, une vie seconde avant d'avoir vécu la première, une vie sans enfant, sans l'attachement le plus authentique et le plus profond qu'on puisse, en cette vie et en ce monde, avoir avec son semblable – tout cela au profit de l'humanité.

Son bourreau la vétérinaire le prenait doucement dans les bras, le félicitant de son intégration désormais complète à la communauté humaine, au foyer de ses propriétaires. De son ascension, par conséquent, grâce à son nouveau corps sans le sexe qui, de toute façon, selon l'expérience et la conviction de ses maîtres – et cela avec raison, semblait confirmer la vétérinaire – serait en tout temps et en tout lieu une source de souffrance, une cause de troubles.

Le félicitant de sa purification, de sa nouvelle vie en paix, de son avenir sans attaches avec ceux de son espèce, sans risque de se faire souiller ou diminuer par un partenaire, et de se faire détourner de sa vocation qui est plus élevée que sa propre existence – celle de servir l'humanité.

Le félicitant de sa liberté.

Combien de crimes commis en ce nom, me suis-je dit.

La vétérinaire balançait aisément ses hanches avec le chat dans ses bras, le sourire empreint de fierté maternelle, pendant que sa secrétaire s'affairait dans une autre pièce à encaisser de l'argent que A., tout ému, jugeait bon de sortir de ses poches. Ses parents avaient si peu de plaisir et de consolation dans leur vie, et avaient si peu d'années à vivre.

Je songeais que, dans le cas d'une révolte de chats opérés, mal partis dans la vie, névrosés et imprévisibles, ce cabinet serait envahi par une dizaine de ces créatures sombres parmi lesquelles on compterait le chat de mes beaux-parents. Une autre foule de chats attendraient leur tour, courraient et sauteraient dans l'escalier et sur le palier, la gueule grande ouverte, montrant leurs dents aiguës et leur langue sanglante, rappelant leurs ancêtres, retrouvant leur vitalité de chasseurs. Ils ignoreraient ce solennel établissement, pisseraient sur le tapis et grifferaient les murs, se moquant totalement de tant d'intelligence et d'ingéniosité entre les murs, à l'intérieur des crânes humains, avec l'envie de les griffer également. On dirait une épidémie, une infection. Le corps de cette femme serait mordu et déchiré en mille morceaux. Le fantôme de cette femme ainsi dévorée deviendrait aussi une chatte. Elle hanterait ce cabinet longtemps après l'émeute, rendant la pratique du métier difficile en ce lieu.

Mais la vie prouve que ma pensée est complètement erronée, que je ne suis jamais prophète malgré ma longévité extraordinaire.

C'est pourquoi A. soupçonne que ce n'est pas ma vie, mais bien ma fiction qui est longue.

Le bâtiment médical demeure calmement à sa place. La clientèle croît d'année en année, à mesure que la population vieillit, que les enfants se font rares. Nous n'avons pas d'enfants, disent-ils, mais nous avons des chats. Toutes les usines sont fermées dans cette ville. Beaucoup de magasins aussi. Mais le bâtiment médical reste intouchable. La vétérinaire se porte à merveille. De temps à autre elle met une musique non seulement pour guérir le corps des chats, mais aussi pour traiter leur âme, pour « faire monter l'esprit », selon ses mots mi-sincères, mi-moqueurs.

Le chat de mes beaux-parents est mort au bout de trois ans, peut-être à cause d'une maladie congénitale dont nous ignorions la nature et sur laquelle mes beaux-parents n'avaient pas pris la peine de se renseigner, maladie que la clinique de sa naissance n'avait pu vraiment guérir.

Ou bien c'est l'opération qui l'avait précipité, déjà fragile, dans la mort.

Ou encore il n'est pas impossible qu'il ait succombé aussi vite après son adoption, simplement parce qu'il avait mal supporté la vie commune avec ses maîtres.

Ceux-ci l'avaient perdu de vue pendant deux ou trois jours, le bol de nourriture était resté intact, mais ils ne s'en souciaient pas. Ils se disaient qu'il ne pouvait pas partir, qu'il n'en aurait pas la force de caractère, que c'était un chat loyal, dépendant et peureux. Ils avaient confiance.

A la fin, la femme de ménage a trouvé son cadavre sous le sofa en passant le balai.

Les maîtres n'auraient jamais cru pouvoir survivre à cette aussi jeune bête. A l'âge de quatre ans, l'animal est mort avant ses maîtres, épuisé, tel un voleur de vieillesse, un aspirateur du temps consumé, un donneur de sang. Il est enterré amoureusement dans leur jardin, comme une victime sacrificielle.

19

Nous avons essayé très fort, A. et moi, de nous entendre, de nous comprendre, de nous tolérer, de nous aimer comme nous aurions voulu nous aimer selon les idées reçues, de mieux vivre ensemble. Or nous avons vu clairement que ce ne serait pas possible, que nous porterions nos jugements, nos habitudes et nos différences jusqu'à la fin, que de nous céder l'un à l'autre et de nous changer pour nous adapter mutuellement serait une trahison de soi, une demi-mort, que la vie du couple est une chose menaçante, elle nous limite au lieu de nous élargir, nous consume au lieu de nous nourrir, par la nécessité constante du compromis et de la bienveillance.

La perspective lucide de l'éventuelle et très facile séparation à venir annule toute passion fraîche et le rêve d'une fusion totale, les ridiculise même. Nous ne sommes plus à l'époque ancienne où l'homme travaillait aux champs et la femme faisait des enfants et fabriquait les vêtements, où cette coopération des deux sexes était d'une nécessité absolue, avait une base rudimentaire, car il s'agissait non pas tant du bien-être de tous que d'une question de survie, et cela formait le sol qui nourrissait la relation, le fondement où se reposait une alliance.

Même des unions d'intérêt n'ont plus de raison d'être, n'ayant plus une solidité et une garantie comme autrefois, devenant des entreprises hautement risquées.

A. et moi nous regrettons de nous être mariés, d'avoir voulu une forme, d'avoir accompli ce rituel déjà ancien et privé de sens dans le contexte présent, un geste cérémonial et capricieux. Nous l'avons fait sans trop réfléchir, comme un chat qui, sortant du désert et devenant domestique, continue à chasser des souris même quand il n'en a plus besoin ni terriblement envie.

Nous trouvions tout aussi inutile de divorcer, puisque nous ne comptions guère nous remarier, et nous n'avions pas à souligner ce mariage, cette frivolité, à reconnaître davantage l'échec de notre relation, par un divorce. Nous nous disions qu'il y aurait peut-être un miracle, ou un accident, quelque chose venu de l'extérieur, d'en deçà de nous, et de violemment radical, qui nous secourrait, nous tirerait de notre situation.

Il a fallu donc que je me transforme. Et notre rapport a changé depuis. Du coup, je me trouve comme devant un dieu, un être supérieur en tout point sauf quand il s'agit des sauts et des courses, un objet d'amour exclusif, un souverain, dont l'existence est indispensable pour ma survie et pour mon équilibre intérieur, dont la force intellectuelle, économique et physique est suffisante pour me dompter.

Y a-t-il un autre moyen de se trouver un maître capable de nous faire capituler, de nous mettre à genoux, de nous protéger réellement, de nous inspirer une confiance totale ? Comment peut-on honnêtement aimer quand on n'a plus l'âge de « tomber » ou de feindre, quand la force d'illusion diminue, quand on parle d'acceptation ? Ce qu'on pense accepter, en réalité on l'évite et on l'ignore, dans le meilleur des cas. Je sais que A. reste ce qu'il est. Il ne changera pas. Personne ne change.

Sauf moi. Il m'a fallu me réduire radicalement afin d'assouvir mon besoin de me délivrer, de croire. Bonheur égale croyance et humilité. Le bonheur est un sentiment religieux.

Or le monde ne peut plus être le même lorsqu'il est regardé différemment, que ma perspective change. Le monde n'est peut-être pas différent, mais il me paraît différent. Cela suffit à entraîner une différence dans notre rapport. Lorsque les relations entre deux mondes ou entre deux êtres évoluent, je ne suis plus très sûre que ces mondes et ces êtres soient encore les mêmes.

Quand, pendant notre période d'apprivoisement, en rentrant le soir, A. m'aperçoit de loin assise à la fenêtre, ou que, le matin avant de partir, il s'arrête un instant devant moi, près de la porte parmi un tas de chaussures assez sales et malodorantes, ou devant la fenêtre les pieds enfoncés dans l'herbe, se retenant encore de me toucher, je trouve dans son regard lumineux, dans les traits détendus de son visage et dans la posture modeste et joviale de son corps une tendresse nouvelle dont je ne l'aurais pas cru capable, et je ne suis plus très sûre que cet homme ainsi attendri soit bien celui avec qui j'ai vécu depuis tant d'années.

Je me demande lequel de ces deux, l'homme que j'ai connu en tant que femme et celui que je rencontre maintenant en tant que chatte, est le vrai.

J'ai toujours su que A. n'était en mesure d'aimer aucune femme, aucun être humain, car personne ne peut jamais lui inspirer autant de confiance, de calme, de confort intellectuel et de fierté de soi qu'un animal domestique.

Personne, parce que tous, avec une intelligence normale, seraient aussi égoïstes, susceptibles, tourmentés, contradictoires et prétentieux que lui-même. Entre A. et ses semblables, malgré leur besoin de société et de soutien mutuel, les intelligences, les doutes, les sensibilités, les intérêts et les orgueils inévitablement se heurtent, se négocient, rendant la relation pénible et presque inutile, laquelle ferait au moins autant de mal que de bien, serait autant une source de tension que de détente.

Il m'a épousée un peu au hasard, avec la clairvoyance que l'une ne vaudrait pas mieux que l'autre, souhaitant que, étrangère à la ville et sans profession, je ne puisse me confronter à lui, le déstabiliser dans sa confiance en lui-même, dans son amour-propre. J'ai toujours su que ce qu'il fallait vraiment à mon mari, comme compagnon, n'était guère une femme, et certainement pas non plus des enfants forcément exigeants et révoltants, mais un animal bien dressé.

Sa vie sexuelle, il s'en passerait sans grande peine. De toute façon il n'a pas de vrai désir quand il ne domine pas. Et il se rend bien compte que la vie moderne a désexualisé des milliers de gens, notamment des hommes, tout autant que lui-même. Il ne trouverait jamais une partenaire idéale. Il lui faut maintenant un animal le plus muet possible et parfois sourd, hors de toute protection légale, sans statut d'aucune sorte, sans prétention ni ambition, privé d'agressivité jusque dans les gènes, passif jusqu'au sang, toujours consentent et docile, toujours rangé dans son camp, ayant une humilité parfaite, une loyauté inconditionnelle, telle une poupée vivante, dépendant sans crainte et sans défense de la bonté de son maître, se livrant à la merci de celui-ci, lui confiant son destin à deux mains, se donnant pieusement comme une offrande encore palpitante de vie, prêt à le suivre partout, d'une ville à l'autre, d'un pays à l'autre s'il le faut, ou à finir ses jours chez lui, dans sa maison ancestrale, s'enracinant dans son jardin.

20

Selon mes vieilles habitudes, je passe mes journées seule dans la maison, dans le jardin et dans les rues à ne faire presque rien. Mais quelque chose de fondamental a changé : je suis en paix comme je n'ai jamais pu l'être avant, ma vie est réduite à une simplicité extrême.

Ce contentement nouveau, sincère et naturel, d'être bien à ma place, de me sentir enfin installée, de n'avoir plus à comprendre les subtilités du langage, de ne plus éprouver moi-même d'émotions fortes ni d'attachement aliénant, de voir le monde se diviser seulement en blocs immobiles ou en masses mouvantes, en zones chaudes ou froides, en lieux de confort ou de danger, qu'il m'est maintenant facile de distinguer avec justesse, me libère plus que rien de toutes mes vies précédentes n'a pu jamais le faire. Enfin j'ai trouvé une maison, une place solide dans la vie et dans le cœur de A., que personne ne viendra remettre en cause ou me disputer – aucune femme ne le pourra –, que moi-même surtout ne discuterai pas.

Cette place, cette maison, je l'ai trouvée en moi.

C'est miraculeusement facile : il suffit d'adapter une mentalité de chat.

Je n'ai plus de doute sur quoi que ce soit. Ni sur les intentions de A. envers moi ni sur mon statut dans sa ville natale. Je décide et j'agis. Ma vie est devenue une succession de petites décisions et de petites actions. Par exemple j'ai délaissé la pâtisserie et j'ai choisi la poissonnerie, même si j'aime bien les petits morceaux de jambon que la patronne offre, qu'elle met parfois dans une jolie petite assiette, par terre à l'entrée de la pâtisserie comme un appât. J'agis sans réfléchir. Maintenant je fais tout sur un coup de tête. Et je dors bien.

Je ne réfléchis plus. J'écoute mes instincts. Ils sont bons, quelquefois, mes instincts. Des mois plus tard, j'aurai entendu un voisin venir se plaindre auprès de la patronne d'une indigestion après avoir consommé un sandwich dans sa pâtisserie. Heureusement que je n'ai pas trop mangé ses jambons.

Je peux avoir tort aussi, des fois, non pas à cause du manque de réflexion, mais parce que la vie est faite d'accidents et de hasards auxquels même A., quelqu'un de bien avisé pourtant, ne peut rien.

Avant-hier, au milieu d'une rue tranquille, j'ai attrapé un papillon et je me suis amusée à saisir et à relâcher son corps.

Une voiture s'approche.

Très absorbée dans mon jeu et ne voulant pas

laisser tomber un jouet rare, une proie si difficile à avoir, si intéressante puisque encore vivante, je n'ai pas bougé, supposant qu'on allait gentiment attendre devant ce spectacle amusant d'une chatte en train de torturer un papillon.

Mais la voiture a foncé droit vers moi à toute vitesse, peut-être parce que dans cette petite rue l'assassinat d'un animal serait resté anonyme, le conducteur obscur aurait pu enfin se venger sur mon seul corps contre notre race entière, déverser sa haine qu'il n'osait exprimer devant les propriétaires des animaux domestiques, devant les très nombreux et très puissants amoureux des animaux qui nous valorisent plus que leurs semblables, qui défendent nos droits mieux que les droits de l'homme, qui dépensent pour nous plus que pour les enfants, nous assurant une vie parfois meilleure qu'aux êtres de leur propre espèce.

Je me suis écartée juste à temps.

La voiture a continué sa route comme si de rien n'était. Il me semblait même qu'elle allait un peu moins vite après m'avoir dépassée, qu'elle avait donc accéléré exprès pour m'écraser.

Quoi qu'il en soit, je crois sérieusement que je ne me trompe pas plus souvent qu'avant, et que j'ai autant de raison que A. sans passer par le raisonnement.

Par rapport à lui, non seulement ma taille est considérablement réduite, mais encore et surtout ma capacité de raisonner devient nulle. Je n'ai plus aucune langue. N'est-ce pas ce dont j'ai toujours rêvé, volant par-dessus des endroits dans l'intervalle entre mes vies et mes morts, étendue dans un désert, cachée dans la cave de A., de pouvoir parler sans langue?

Je ne dispose d'autre moyen de défense que la fuite.

Et je découvre, avec étonnement, que ma passivité exerce un pouvoir sur A. Il a en effet très peur de me perdre. Comme si son intellect devait s'appuyer sur mon innocence, se reposer sur mon idiotie, et s'en nourrir même.

Je l'ai entendu demander à la pâtissière d'en face s'il ne devait pas m'entraîner à devenir une chatte d'intérieur. Il a même voulu m'empêcher de sortir quand il partait au travail, mais à chaque fois j'ai réussi à me trouver dehors avant qu'il ne referme la porte. Les fenêtres sans moustiquaires me servent aussi de portes.

La femme d'en face lui a déconseillé de m'enfermer, car, dès qu'elle a vu que notre famille n'était plus en difficulté, elle a changé d'attitude envers A. et moi. Elle aimerait bien me voir de temps en temps et m'offrir des restes de jambon de sa boutique, en pensant aux enfants qu'elle n'a pas eus, qu'elle n'a pas voulus, en s'imaginant meilleure mère que les autres, en s'apitoyant sur les enfants des autres, les animaux des autres, dont on ne sait jamais assez bien s'occuper, auxquels on n'a pas vraiment droit. Puisqu'elle aime bien les chats, lui a suggéré A., elle n'a qu'à en emprunter un pour un essai de trois mois, elle verra alors si elle est faite pour les chats. Et l'expérience l'aidera à ne pas juger ceux qui font ce qu'elle ne fait pas.

Il lui a dit cela sans doute avec rancune, se sentant désapprouvé par cette voisine et peut-être aussi par tout le quartier d'avoir voulu se marier et recevoir un enfant par la suite. Il les a tous perdus scandaleusement, et maintenant on se demande combien de temps cette chatte pourra rester chez lui.

Quant à la patronne de la pâtisserie, trois mois d'engagement et de responsabilité, ce serait trop lui demander. Ce serait de l'esclavage. Si elle n'était pas sûre de sa capacité, celle par exemple d'avoir un enfant ou un animal, elle ne se lancerait pas dans l'aventure. Ne pas prendre de responsabilités est selon elle aussi une façon d'être responsable, sinon la meilleure.

A. rougit devant une telle facilité morale qu'il trouve impeccablement odieuse et il quitte la pâtissière promptement.

Il me laisse donc sortir. Mais il a doublé la quantité de nourriture pour moi. Tous les matins, avant d'aller au travail, il remplit mon bol de poisson frais ou de viande, afin de me retenir. Il a même prié les voisins de ne pas me nourrir, prétendant que je suis au régime. C'est pour leur dire de ne pas me voler. Il a essayé deux fois de glisser autour de mon cou un collier avec notre adresse et numéro de téléphone, mais chaque fois je m'en suis débarrassée. Car un collier est à mon avis destiné aux chiens et non aux chats, il me ferait paraître plus domestiquée que je ne voudrais l'être.

Ainsi, je ne vois pas en tout cela, en ce changement de rapport de force entre A. et moi depuis ma nouvelle naissance, un désavantage pour moi, une disproportion, une inégalité, une humiliation. Je mène maintenant une vie sereine et sans conflit avec A. Nous formons un couple harmonieux et complémentaire qu'envieront bien des couples en crise. Pendant un temps je n'ai vraiment aucun désir de redevenir sa femme. Il m'est beaucoup plus facile d'être sa chatte que d'être son épouse. Je crois qu'il pense de même, qu'il est secrètement content que notre relation se termine ainsi, sans affrontement direct ni déchirement, que ma disparition, quoique inattendue et mystérieuse, au fond le soulage et le libère, qu'il vit mieux sans femme, en compagnie d'une chatte.

21

L'inspecteur a dû flairer cela chez A., sa peur des femmes et des autres, son mépris envers tout, sa fausse sociabilité, son tempérament profondément solitaire, en le rencontrant, en lui parlant, en captant d'imperceptibles dérapages de logique dans ses propos, c'est pourquoi, faute de preuve, mais, voyant en lui une motivation de meurtre coïncidant avec un désir de suicide, un besoin de se débarrasser de moi et de tous ses proches, il est quand même revenu inspecter la maison et investiguer l'incident.

Le chat du voisin m'énerve parfois quand il me suit de trop près et quand il se permet de venir trop souvent dans notre jardin. Il a peu d'importance à mes yeux, je ne cherche guère sa compagnie. Mon vrai compagnon est A., cela, le chat du voisin ne le comprend pas. Ne sommes-nous pas d'accord que les maîtres dans cette rue sont tous bien ennuyeux ?

Les jours de la semaine je dors et je me promène. Je me soucie peu du temps que A. consacre au travail, de l'heure où il rentre à la maison, de sa santé, de ses dépenses, de ses fréquentations, de la propreté de ses habits, de la régularité de ses repas. La maternité est terminée.

Maintenant je pense à lui seulement en sa présence.

Je ne songe à rien qui ne se trouve sous mes yeux, dans l'immédiat. Et même en voyant que le plafond au-dessus de la baignoire est devenu presque noir, envahi par la moisissure verdâtre, qu'une toile d'araignée considérable apparaît dans la chambre d'enfant sans enfant, que le salon reçoit de l'eau quand il pleut fort, que la vitre d'une fenêtre dans le bureau de A. est bouchée par un oreiller, cassée je ne sais quand ni comment, que la maison entière s'incline de plus en plus d'un côté, que les voisins passionnés de téléphone sont en train de faire des trous dans les planches de notre clôture commune, je ne m'inquiète nullement.

Avant, je me serais affolée et aurais exigé que A. prenne des mesures tout de suite, qu'il s'y lance lui-même avec marteau et clous, qu'il consolide notre demeure, qu'il renforce la base de notre maison, qu'il répare, qu'il défie l'usure du temps. Nous avons eu beaucoup de disputes violentes à ce sujet. Je m'y mettais avec un sérieux énorme, comme si la détérioration de notre foyer était quelque peu liée à celle de notre relation, que négliger la maison que nous partagions était déjà un acte de désengagement envers moi, une expression de désintérêt pour notre vie familiale.

Il était très frustré par l'excessive attention que j'accordais aux choses, croyant que j'estimais la maison plus que lui, plus que notre amour, plus même que mon propre corps dont je ne prenais pas soin, que j'habillais mal. N'est-ce pas, une maison est faite pour être habitée, utilisée, pour subir des coups et comme toutes choses ne doit-elle pas mourir un jour ou l'autre? Il ne veut pas devenir l'esclave d'une maison. Il ne peut dépenser tout son temps à la maintenir. De plus le confort matériel ne lui dit rien. Il vit comme il marche, il s'attarde peu aux choses, il ne les possède guère, ne se laisse point apprivoiser par elles. Au contraire, il les traverse ou les piétine s'il le faut. Il passe dans notre maison comme un coup de vent et parfois comme un éléphant. Des années de sa vie s'écoulent ici, monotones mais courtes, tel un petit séjour dans une auberge quelconque. Pourquoi construire et réparer? Pourquoi s'alourdir de choses quand on est en route? L'éternel voyageur, c'est bien lui. Au bout de son chemin, il n'y a même pas une tombe.

Depuis que notre enfant est parti, que nous n'avons plus d'héritier et surtout depuis que je me suis déshumanisée, je comprends et accepte mieux l'attitude de A.

Nous ne demandons rien au monde et nous ne lui devons rien. Nous essayons de vivre sans prétention, nous reconnaissons l'importance des maîtres, sans croire à l'éternité ni à l'absolu de leur règne. Les individus surtout, hommes ou chats, comptent peu pour nous. Rien en ce monde ne peut profondément perdurer, la seule trace que retiendra l'avenir sera tout au plus celle de l'espèce, la seule voix traversant le temps et l'espace ne sera que celle du collectif. La nature ignore complètement les individus, et ne connaît qu'un objectif : celui de la préservation des espèces.

La collection que A. a constituée de vestiges impersonnels, étalés et entassés dans notre cave, est une preuve éloquente du néant de l'individu. Et nos ancêtres en tant qu'espèce vont disparaître justement à cause de leur individualité, de leur incapacité à s'intégrer, à se conformer. Ainsi, les tigres vont-ils mourir alors que nous, nous allons survivre.

Maintenant l'état de notre maison ne peut plus m'affecter. Je ne peux la léguer à personne ni l'emporter avec moi dans la mort. Cette maison mourra bien avant, après ou avec nous. Si elle s'écroule trop tôt, avant que je ne meure, je trouverai facilement un trou où m'abriter.

C'est plutôt A. qui devrait s'inquiéter. Son espèce, plus elle évolue, plus elle a du mal à se loger.

Lorsque je suis libérée d'abord de ma fierté d'individu, et finalement de mes désirs de possession, de croissance et de survie, ensuite de ma peur de mourir, plus précisément lorsque je me sens déjà morte en quelque sorte, n'ayant plus rien à perdre et pouvant tout donner, c'est alors seulement que l'amour pour l'autre me semble possible.

J'entrevois enfin, chez nous, dans la maison de

A., en tant qu'animal domestique, minuscule, insignifiant, sans défense et sans ambition, la possibilité d'une félicité terrestre, d'un bonheur simple, d'une tendresse durable, d'une reconquête de mon mari A., de la continuation de notre vie commune, laquelle étant pour moi une extraordinaire chance d'échapper à la solitude, au supplice de l'errance. Car je vois clairement que toutes les revendications et les révoltes, par exemple celles d'une femme contre un homme, sont suicidaires, se retournent contre mon intérêt, contribuent à ma perte.

Et je ne veux pas qu'on touche à mon maître, qu'on le soupçonne. Je refuse qu'on vienne gâcher ma nouvelle vie que je viens tout juste de commencer.

Finalement l'inspecteur se rend au jardin. A. sort poliment avec lui.

Je les suis d'un air méchant. Quand l'inspecteur s'arrête, je m'accroupis et j'attends. Dès qu'il se remet à bouger, je bondis, je cours à petits pas rapides, le dos cabré, la queue serrée, prête à sauter sur lui à la première occasion. Il fait semblant de ne pas me voir, mais je peux sentir sa peur. Il n'aime pas ma présence.

Dans tous les coins du jardin il cherche, il examine le sol. Et il ne découvre que mes traces : les empreintes de mes pattes, un crapaud mordu que j'ai laissé sous la fenêtre de la cuisine, près d'un tuyau, l'odeur de mon urine dans la terre. Il s'en détourne brusquement et demande :

– C'est à vous, cet animal ?

A. s'empresse de secouer la tête. Je ne comprendrai jamais pourquoi il fait cela. Ce geste est tellement déconnecté de la réalité que j'ai l'impression de rêver en plein jour. J'ai failli vomir. Je les quitte aussitôt.

L'inspecteur fait démarrer sa voiture en promettant de revenir.

22

Il a une réunion dans l'après-midi. Dès que l'inspecteur part, A. commence à se presser.

Il ferme bruyamment les fenêtres y compris celle de la cuisine. Il est furieux. Il tourne vers moi sa colère contre l'inspecteur, croyant que ma présence chez lui ce matin a rallongé sa visite et l'a mis en retard.

Alors je passe l'après-midi entier à vagabonder.

Il y a maintenant trois cadavres de crapauds sous la fenêtre de notre cuisine. Je les ai apportés là pour marquer ma vitalité et ma compétence, à la manière d'A. qui augmente sa collection de squelettes et sa liste de publications.

Quand j'ai faim, je retourne à la poissonnerie. On met des têtes et des queues de poissons dans un pot blanc en plastique. En me voyant m'approcher, les jeunes employés se moquent gentiment de moi. Il y aurait bien la pâtisserie pour le dessert, mais je n'y vais pas. Ce serait vraiment en dernier recours.

Vers la fin de l'après-midi, je m'immobilise au

milieu du trottoir doucement ensoleillé, pour que les enfants revenant de l'école m'enjambent, que mes oreilles soient remplies de leurs rires et de leurs cris. Parfois de petites mains viennent me caresser, de petits pieds frôlent mes côtes, et se heurtent à moi par mégarde ou exprès. Et je me roule de plaisir. Maintenant, seuls les crapauds et les rongeurs m'inspirent encore un sentiment de supériorité et de mépris. Seules ces sales espèces, exclues de la collection de mon mari, suscitent encore en moi des élans de meurtre et le plaisir de la torture.

Je suis tombée de mon plein gré aux pieds de l'humanité, je regarde tout le monde en levant le menton, en secouant la queue, les yeux admiratifs, le cœur rempli d'amour. Les autres espèces ont droit à mon respect et à mon amitié, tant qu'elles sont intégrées au monde que j'aime.

Ces écoliers que je vois tous les jours passer sous mes fenêtres, à qui je prêtais peu attention auparavant, me paraissent aujourd'hui d'une fraîcheur et d'une candeur angéliques. Et je pense à l'enfant qui a vécu brièvement chez nous, que je n'ai pas su garder, que j'ai perdu par ma faute, et dont le sort m'inquiète toujours.

Je me dis que j'ai eu de la chance de m'enraciner dans la compagnie de A. si merveilleuse, dans un monde au-dessus de tout, imposant ses lois à toutes les autres espèces, je veux dire en devenant mère d'un être humain, j'ai eu de la chance de devenir un peu humaine moi aussi. Mais cette chance, je n'ai pas pu la saisir. Je n'ai aimé leur monde qu'en le quittant, je n'ai supporté leur brouhaha que de loin.

Maintenant c'est trop tard. Les enfants rentrent chez eux. Une petite plainte s'échappe de ma gorge. Personne ne l'entend.

Quand la nuit tombe, je me fais toute petite et j'attends près de la porte, derrière une plante.

Bientôt je reconnais le pas de A. qui s'approche. Il porte des paquets de nourriture. Je sens du poulet cuit et le parfum de plusieurs épices. Dès qu'il entrouvre la porte, avant même qu'il ne retire sa clé, je me faufile déjà dans la maison. A. pousse un soupir. Le temps qu'il libère ses bras de ses courses, j'arrive déjà à me cacher sous la commode dans le couloir. En se dirigeant vers la cuisine, A. s'arrête un bref instant juste devant moi. Je ne bouge pas encore, mais je sais qu'il n'y a plus de problème.

Il y a une couche de poussière sur ses souliers. Cela m'est intolérable. Je pense les nettoyer tout à l'heure avec ma langue. Je l'avais toujours obligé à se déchausser à l'entrée de la maison. Maintenant il doit être content de se libérer de ce type de contraintes minimes dont l'accumulation peut devenir étouffante, il l'a bien dit, autant que ma fausse présence, autant que les ombres filant dans ma tête.

Je crois qu'il a voulu se pencher et regarder sous le meuble, mais il finit par entrer directement dans la cuisine.

Son repas très vite prêt, il s'assoit sur la même chaise que ce matin. Ses jambes sont étendues sous la table. Les pieds ont quitté les chaussures, ils frottent un peu l'un contre l'autre, les orteils se plient et se déplient de temps en temps.

Ma disparition est maintenant chose connue, l'inspecteur est passé, les formalités sont remplies, les avis de recherche affichés partout, la suite de l'événement dépassant son pouvoir, A. n'a plus à s'en soucier.

Après le repas, il fait la vaisselle en sifflotant, comme au début de notre mariage.

Il a arrêté de siffler presque à la même époque où j'ai cessé de chanter. Et on se parlait de moins en moins. Alors on faisait en sorte que notre table soit souvent entourée d'invités. Sinon le silence régnait. Ce n'était pas un silence de complicité, de détente, mais un mutisme gênant : plus on veut en sortir, plus on s'y enfonce.

Or, ce soir, rien ne nous gêne, mon ronronnement se mêle aisément à son sifflotement. A. passe un peu de temps dans son bureau avant d'aller au lit. Il prend un livre, et s'endort presque tout de suite, la lampe allumée, la porte ouverte.

Je m'approche des souliers, je les lèche soigneusement, du dedans au dehors. Je me noie dans l'odeur du cuir et de la sueur de mon homme. Puis je décide d'entreprendre un grand travail : il s'agit de les pousser hors de la cuisine, de les traîner dans le couloir et de les rapporter jusqu'au vestibule. C'est une question de principe : les chaussures doivent rester à l'entrée. Voilà une habitude que j'ai établie dans cette maison au fil des ans, je tiens à la garder en l'appliquant moi-même.

Maintenant que je deviens toute petite, j'ai tendance à exagérer les aspects superficiels des choses, à considérer une sculpture de sable comme un édifice, à tout prendre au sérieux. Cette tendance que j'avais déjà quand j'étais encore une femme, ainsi que A. l'avait déjà remarqué, indique un manque d'intelligence, un champ de vision relativement restreint. Aujourd'hui cette tendance ne fait que s'aggraver, mais comme je ne fais plus partie de l'espèce de A., elle est devenue moins un défaut, un handicap, qu'un entêtement comique, et inspirera, j'espère, plus d'indulgence.

En tout cas la tâche est assez facile. C'est comme un jeu. Je n'ai qu'à tirer les chaussures l'une après l'autre par un lacet. Je fais attention que mes ongles n'abîment pas le cuir. Mais rien n'est parfait. A la fin, je remarque quand même une trace blanche sur un talon.

Après, je me rends dans la cuisine. Au milieu de la table nue il y a la fragile petite assiette bordée de fleurs bleues que j'adore. Je m'en servais auparavant le soir pour porter dans le lit, où A. lisait ou s'endormait, toutes sortes d'en-cas, des compositions insolites, de noix avec du poisson cru, de légumes avec de la charcuterie, de sucré avec du salé, que je mangeais seule avant de m'endormir, me procurant une satisfaction physique qui facilitait le sommeil. Mon goûter de ce soir est un morceau de saumon et un tas de légumes bien cuits.

Mon ami voisin n'est jamais capable de manger des légumes, mais moi si. Ce qui me fait songer que si je ne suis plus une femme, je ne suis pas non plus une vraie chatte. Mais cette idée est vite passée. Cette idée assez désagréable et complexe qui, je crois, aura une influence sur la fin de mon aventure.

Je n'aime pas penser. Avant, penser me rendait souffrante. Maintenant je suis en train d'en perdre la faculté. Je me concentre plutôt sur la nourriture, et j'en tire beaucoup de satisfaction. Tout le contenu du plat est vite descendu dans mon ventre. Je me repose auprès de l'assiette, en me léchant vigoureusement les babines, la tête vide tournée vers le haut de l'escalier, le cœur rempli d'une vénération sans précédent envers A.

Pour la première fois je ressens l'immense joie de me laisser entretenir comme une enfant, ce vertige réellement sensuel proche de celui de me laisser porter par un homme, bien légère et bien loin de la terre, dans une valse sans orientation, dans un geste de mendicité déguisée, sans autre envie que celle de flotter ainsi le plus longtemps possible, l'esprit bohème, sans certitude aucune, sans satisfaction durable, dans la perpétuelle crainte du sol, et pourtant, en toute confiance et déployant toutes les coquetteries qu'impose la règle du jeu, la loi du bonheur dans un couple.

Enfin j'arrive à accepter mes repas sans rougir, à exploiter mon maître sans honte, à le maltraiter en le faisant travailler, payer, cuisiner et nettoyer pour moi, tout comme au lit parfois je mordais A. jusqu'au sang, ce qu'il ne détestait pas. Dans cette danse du couple, dans cette bataille parfois vraie, il n'y a jamais de contrôle de la part de l'un ou de l'autre, chacun est à la merci d'un rythme qui l'emporte, ce rythme étant le vrai maître.

Quand j'étais son épouse, j'étais angoissée par ma situation et par la question d'égalité entre A. et moi – je n'ai que maigrement contribué à la fortune de notre ménage par les spectacles que je donnais quand j'avais encore ma voix –, égalité que les hommes célèbrent par nécessité ou avarice, que les femmes réclament avec amertume ou orgueil. Je rêve depuis longtemps de me laisser domestiquer, de me libérer ne serait-ce qu'un instant de tous ces combats avec les hommes et aussi les femmes, secrets ou ouverts, pendant toutes ces époques sauvages ou évoluées, car je n'ai jamais été vraiment libre dans ma liberté. Je ne trouve donc rien de réactionnaire dans ma métamorphose. Elle reflète une tendance de ma nature. La tendance la plus essentielle de ma nature la plus profonde dictée par l'instinct de survie. Je suis contente d'être ce que je suis devenue, j'ai le sentiment de vivre mieux qu'avant, même si un chat vit généralement moins longtemps que son maître.

Mais ce que j'ai devant moi ce soir est bien l'un de mes derniers repas de qualité humaine. Bientôt je commencerai à consommer des nourritures spécialement conçues pour mon espèce, croustillantes ou non, sans variétés ni nuances de goût, mais toujours industrielles, faciles à servir comme des pizzas et du soda dont on remplit le ventre des enfants à toute vitesse, en un quart d'heure, conformément au rythme de vie des parents, au besoin monétaire des écoles qui en procurent en vrac. Mes repas sont présentés dans la fragile assiette à motif bleu que j'aime bien. C'est un privilège. Au moins je ne mange pas encore dans des récipients en plastique.

Ainsi, au moment du repas, quand A. me voit plonger la tête dans l'assiette, tout en ronronnant avec un plaisir simple et une reconnaissance sincère, soulevant de temps à autre et en alternance l'une de mes pattes arrière, il doit avoir une pensée pour mon ancienne forme, pour la femme que j'ai été. Ma nouvelle présence dans cette maison adoucit peut-être la disparition brutale de ma forme antérieure.

23

Vendredi, deux jours après la fouille par l'inspecteur, il pleut. Je préfère rester à la maison. L'air frais et humide s'infiltre par les fenêtres à demi ouvertes. Dans le bruit monotone de la pluie légère frappant les vitres, je me sens envahie par une sensation familière de bien-être, sans doute due à mon désœuvrement total, mais aussi à une réduction soudaine des mouvements et des bruits ambiants. Je monte sur le bord de la grande fenêtre près de la porte, pour contempler notre jardin et notre rue, pour goûter le calme.

L'animation dans la pâtisserie d'en face est juste suffisante pour me rappeler la présence animale de nos voisins toujours élégants. Parfois, en sortant de la boutique avec leurs sacs en papier ou leurs paquets en carton, ils lèvent la tête vers moi. Une faim commune nous rapproche, alors que notre différence fondamentale les rassure. Ils se savent supérieurs à moi. Comme ils sont sûrs de leur place dans le monde, ils peuvent se permettre de me regarder avec une confiance et une sympathie toutes nouvelles, sans réserve, débordantes même, on dirait presque humanistes. Leur attitude envers moi, la chatte de A., est très différente de celle qu'ils avaient à l'égard de moi, l'épouse de A.

Dans la matinée je n'ai quitté la fenêtre que pour me rendre aux toilettes. Et chaque fois, en passant par la cuisine, je vais grignoter quelques-uns de mes biscuits avant de revenir à ma contemplation. Mon assiette est vidée avant midi.

Je commence à perdre la notion du temps. Je mange quand je le veux. La quantité donnée est attentivement mesurée, afin que je me nourrisse raisonnablement et que je n'aie pas trop faim dans l'après-midi. Je sais que, quand il n'y a plus à manger, c'est le temps de la sieste.

Je vais dans la chambre. Je me mets au lit, du côté gauche qui était auparavant ma place. Je m'endors, le corps formant un zéro, et légèrement enfoui au creux de la douce couverture. Depuis le cauchemar dans lequel je chassais, qui paraît être un tournant de mon destin, un événement crucial par lequel a commencé une aventure susceptible de provoquer en moi un changement de perspective et un renouvellement de pensée sinon son annulation, de créer pour moi un nouveau mode de vie et une chance de me rapprocher de A., de sauver notre relation, j'ai encore eu quelques rêves semblables. J'ai encore couru un peu dans un vaste désert, libre mais esseulée, courageuse par nécessité, meurtrie par la peur d'ombres difficiles à identifier et dont je voulais en vain me débarrasser, me réveillant à chaque fois en sursaut et en sueur.

Mais cela m'arrive de moins en moins, à partir du moment où j'ai accepté mon statut de domestiquée, à mesure que je m'habitue, avec contentement, à cette vie d'intérieur, à ce que j'avais obstinément refusé en tant qu'épouse de A., sans vraie raison importante, juste par vanité et par orgueil, par souci de me conformer à l'air du temps, sous la pression d'une masse perpétuellement insatisfaite, revendicatrice et moralisante. Une humiliation n'en est plus une dès lors qu'on se trouve à une échelle différente et que s'appliquent des critères différents.

Maintenant, la plupart du temps, je dors sans rêver.

Lorsque A. tourne la clé dans la serrure, je bondis et je descends à toute vitesse. Il a sans doute entendu mes pas sourds sur les marches de l'escalier. Il se précipite à l'intérieur, avec ses souliers sales, et il laisse tomber son sac contre la porte ouverte.

Je n'ai pas le temps de me cacher. Nous nous arrêtons brusquement, face à face, les yeux dans les yeux. Nous avons tous les deux la mémoire encore fraîche de son mécontentement envers moi d'il y a deux jours. Mon cœur bat fort, mais je ne bouge pas. Tout sera décidé à cet instant. Je m'assois, j'attends un signe de lui pour quitter la pièce ou pour rester.

Il finit par s'approcher, le genou gauche au sol. Je sens la chaleur de sa main sur ma tête, tel un courant, elle descend dans les plis de mon cou, puis le long du dos. Cette même chaleur, je m'en souviens, m'avait rendue si heureuse dans les premiers temps de notre rencontre, m'avait sauvée tant de fois de mes hantises. Et elle m'est revenue, la main de A., cette main ayant caressé tant de squelettes et de pierres, devenue rude et sèche avec le temps, par le travail de la fouille dans des endroits sales et rudes. Cette main rassurante qui sait appuyer fermement là où je l'espère. Cette main voulant attribuer une vie aux choses mortes. Maintenant la main de A. se glisse sous mon menton, vers ma gorge. Je sens une légère pression de ses doigts. Il me soulève le visage en serrant mes mâchoires entre son index et son pouce, comme pour m'examiner.

Je ferme les yeux, mon esprit flotte dans une zone floue où l'on démêle à peine l'hostilité et l'affection.

Je pousse un miaulement. Et je commence à lui lécher le poignet, d'abord avec timidité, ensuite énergiquement, jusqu'à ce que A. me prenne dans ses bras.

Il retourne fermer la porte, quitter ses souliers pour mettre ses chaussons, ramasser son sac et le déposer sur son bureau. Assise dans le creux de son bras, l'une de mes pattes s'accrochant sur sa poitrine, ma joue contre son épaule, le regard fixant son profil, enivrée par son odeur, je suis ses mouvements anodins que j'ignore depuis longtemps déjà, et qui me paraissent maintenant délicieux, répandant une douce sérénité propre à la vie domestique.

J'ai l'impression de renaître, et dans la solitude du nouveau monde je me confie à cet homme qui est ma seule parenté. Plus encore, je ressens une volupté dans ma posture passive. Je me recroqueville contre le corps de A. devenu relativement imposant, pour ne pas dire gigantesque. J'ai besoin, pour aimer et pour vivre, d'être portée par quelqu'un ou quelque chose qui me surpasse.

Je sais alors que ce n'est pas fini entre A. et moi. Le désir que j'avais pour lui n'est pas éteint comme je le croyais, mais refoulé et frustré par nos incessants combats animés par l'amour-propre et le goût du pouvoir, par la négation de la différence, par l'illusion de l'égalité.

Nous n'étions égaux que dans la haine. Nous n'avions jamais pu l'être ni en esprit ni en pratique. L'égalité n'est qu'une pure idée, elle est contre la loi de la nature. Elle ne sert en rien à ceux qui la réclament, n'améliore en rien ce qui est invisible. Aujourd'hui, par bonheur, il n'y a plus entre A. et moi de comparaison possible, notre différence est évidente, nos places sont nettement définies, nous sommes séparés par ce fait, par cet abîme infranchissable dont la vue nous éclaircit l'esprit, réprime nos instincts combatifs, et notre ambition de dominer et de changer l'autre. Nous sommes appelés à accepter notre condition, ce qui confère à chacun de nous sa paix intérieure, de quoi pouvoir rester chacun à sa place pour grandir et pour se détériorer.

Je donne encore quelques coups de langue à la main de mon maître bien-aimé lorsque, arrivé dans la cuisine, il me dépose par terre en s'inclinant très bas.

Il ouvre le placard sous le comptoir, près du frigo. J'aperçois, entre les jambes de A. que je frotte tendrement avec mes joues et mes flancs, une grande boîte sur laquelle il y a une photo de chat. Excitée, j'essaie d'entrer dans le placard. La boîte est à demi renversée. Alors je reçois une claque sur le derrière. Je miaule coquettement en le précédant vers mon assiette qu'il remplit aussitôt. Il a failli trébucher sur moi. Je mange lentement, pour le plaisir de rester avec A. dans la cuisine.

Le jour se retire imperceptiblement. Il pose le couvercle sur la casserole, atténue le feu et allume la lampe. Il s'assoit. Il met un coude sur la table, l'autre sur le dossier de la chaise. Je trotte vers lui, tourne deux fois autour de sa chaise en inspectant le plancher où sont posés ses pieds, et en deux bonds je saute au sommet du dossier. A. me laisse ronronner derrière son oreille. Puis je saute sur ses genoux. D'abord je me tiens debout par prudence. Je le connais, ses humeurs sont imprévisibles. Comme il ne bouge guère et me regarde d'un air amusé, je commence à piétiner mon terrain en soulevant en alternance mes pattes, jusqu'à ce que A. pose sa main sur mon dos. Puis je m'endors.

Il me réveille quand, en me portant au creux de ses bras, il se lève et s'approche du four. Il boîte un peu. Ses jambes semblent très engourdies à force de s'être tenues immobiles afin de ne pas me réveiller. Cette attention me rappelle encore nos belles années communes. Je m'endormais souvent la tête reposée sur l'un de ses bras, et il le retirait seulement au milieu de la nuit quand nous nous réveillions pour nous étreindre à nouveau.

Quand son repas est prêt, il me ressert une poignée de croquettes de viande séchée. Nous mangeons chacun dans son assiette. J'ai aussi du lait dans un petit bol. Dès que je finis mon repas, je retourne sur ses genoux. Après avoir nettoyé la table, il sort du frigo un petit sac en plastique et me le tend sous le museau. C'est la surprise de la soirée : un morceau de chair crue, encore sanglante, probablement du foie de poulet. Je sais que A. n'aime pas les tripes, si ce type de viande se trouve dans la maison, ce doit être uniquement pour moi. Cela fait des jours, en effet, que je rêve d'un tel régal. J'avale ma salive, trop bruyamment je trouve, dans le silence du soir. Comme je n'ai plus très faim, je peux penser aux bonnes manières, en m'acheminant vers mon assiette à petits pas posés, sans agitation, comme une vraie dame. J'attends devant mon assiette, calmement assise et le dos bien droit. A. ouvre le plastique, pose le morceau, puis s'empresse de se laver les mains. Et il quitte la cuisine sans me regarder. Je prends tout mon temps pour déguster la viande. Et je tâche de bien me lécher les babines avant de le rejoindre dans son bureau.

24

La nourriture prend pour moi une importance prédominante. Manger devient à mes yeux une des activités les plus sensuelles et les plus fondamentales. J'implore ceux qui veulent empêcher les gens de manger ce qu'ils veulent, ce qu'ils peuvent, et qui souhaitent transformer un désir naturel en science, en méthode de cure. Je ne les écoute pas. Je ne mange pas pour vivre, moi. Je vis pour manger.

Ils créent tout un tabou autour de l'alimentation comme ils l'ont fait auparavant autour de la sexualité. Il leur faut toujours se dénaturer un peu, mépriser un peu leurs instincts, leur animalité. Dieu est créé par les plus ambitieux, par ceux qui veulent le devenir eux-mêmes. Ils font tout pour se distinguer des êtres vivants, des êtres périssables, avec ce sentiment de supériorité, par exemple avec cette condescendance envers nous. Mais nous sommes contents d'être inhumains, sachant que ce mot peut être très péjoratif dans le vocabulaire de A. Nos maîtres, tout en espérant leur liberté (encore un joli mot, une bien belle idée comme celle de l'égalité) sexuelle et reproductrice qu'ils n'ont jamais vraiment eue, tellement ils sont compliqués dans ce domaine, leur espèce étant la plus artificielle de toutes, veulent exercer un contrôle sur la nôtre.

Je n'arrive pas à me satisfaire en me léchant le corps. J'ai un surcroît d'énergie que je ne sais comment dépenser. Je passe la journée à attaquer les crapauds, à courir après des papillons, à dénicher des vers de terre. Souvent, le soir venu, je ne suis pas encore épuisée, et je reste tard dehors même si A. me manque et que j'aimerais bien rentrer. Si je rentre trop tôt, je ne peux m'empêcher de faire des bêtises, de renverser des choses dans la cuisine et ailleurs, de griffer les meubles, une fois je n'ai même pas pu retenir un pipi, tellement j'ai été excitée sans raison. Et je dérange A. qui a besoin de calme. Cette situation m'inquiète. Je ressens en moi des pulsions nouvelles, incontrôlables, en quelque sorte adolescentes.

Il est vrai que, même si, dans ce quartier, presque tous les mâles de mon âge sont castrés et bien rangés chez leur maître ou leur maîtresse, les prétendants ne me manquent pas. Je suis courtisée par des chats errants venant de loin, les vrais sauvages de notre espèce, qui suscitent la haine dans la population de chats corrompus de notre quartier, et qui m'inspirent du dégoût par l'odeur d'ordures émanant de leur poil. Quelques jeunes indociles dans le voisinage me lancent aussi des appels quand leur maître est absent, comme si je m'intéressais à des bébés. De surcroît, il y a des vieux depuis longtemps asexués qui s'approchent de moi avec une intention ambiguë, sous le regard tolérant de leur protecteur qui ne daigne plus leur imposer de discipline à cet égard. Comment succomber à tout cela, alors qu'on mène une vie décente dans un foyer propre, que je suis redevable à mon maître, avec qui je m'entends mieux que jamais, et que, ayant cessé d'être son égale, je suis de moins en moins sûre de ne pas l'aimer ?

D'ailleurs je suis persuadée que, malgré tout, malgré ma difficulté de vivre dans le monde de A., malgré ma dissidence, je ne conviendrai jamais à quiconque dans ma nouvelle communauté. Et je déteste ce mot qui sent le rigide, l'imposé, le restreint et l'irrévocable, me faisant craindre le froid lorsque je suis dehors et l'étouffement lorsque je suis à l'intérieur.

Je tremble de terreur à l'idée de me laisser prendre par un chat. Cela m'est impensable, me paraît d'une indécence extrême. Je préférerais mourir.

Je songe douloureusement au monde de A. qui m'est devenu loin maintenant. Je me rends compte que même en l'habitant sous forme humaine je n'ai jamais vraiment appartenu à ce monde-là non plus, je n'ai jamais vraiment compris son fonctionnement.

Et pourtant il me semble que mon âme s'est égarée précisément là, et que je n'ai pas d'autres endroits où aller. Mon union avec A. est un immense malentendu, c'est évident, mais je ne saurais vivre autrement, en dehors de ce malentendu, de cette humanité. En ce qui concerne l'accouplement, il n'en est plus question pour moi dans ma situation actuelle. Cela prendrait trop de temps et d'efforts, se terminerait par trop de confusion et de douleur.

Je suis donc au comble de la reconnaissance lorsque, installé dans son fauteuil de bureau, et en me reprenant dans son bras, A. téléphone pour prendre un rendez-vous chez la vétérinaire. J'ai entendu parler d'une opération, et j'ai tout de suite compris.

A. et moi, il nous arrive encore d'avoir la même idée exactement en même temps.

25

Dès lundi, nous avons rendez-vous chez la vétérinaire, afin de me vacciner contre toutes sortes de
maladies qu'on attrape dans la nature et au contact
d'autres chats.

Pour ce faire, la clinique exige qu'on me donne
un nom. D'abord, A. ne veut pas, mais puisqu'il le
faut, il prononce le prénom de son épouse disparue.
C'est une façon de me rendre hommage. Dans la
clinique, au deuxième étage du même édifice, un
autre dossier médical, un dossier humain, n'est pas
encore clos.

C'est manquer de respect pour le moi d'avant,
c'est créer de la confusion pour rien, je proteste en
poussant plusieurs cris, mais on ne m'écoute pas.
Tout le monde baisse la tête avec sympathie et compréhension envers A. Et on tient à m'accorder une
identité quelque peu officielle.

Puis on me fait une piqûre en indiquant solennellement le contenu des vaccins dans mon nouveau
dossier médical. Pendant ce temps, A. baisse la voix

pour discuter avec la vétérinaire d'une opération qui s'impose.

Je sors peu pendant les deux jours qui suivent ces vaccins assommants. J'ai quand même attrapé un rhume et je suis incommodée pour le reste de la semaine. A. essaie de me fortifier avec des tablettes de vitamines. Il nous faut à tout prix retourner chez la vétérinaire une semaine plus tard.

Dès qu'il se lève, A. me donne du foie et du lait. Ce festin matinal, si peu ordinaire et brusquement offert, a quelque chose de funèbre. J'ai l'air d'être une condamnée à mort qu'on console avec de la nourriture.

Après une brève hésitation devant la cage, j'y entre moi-même, dignement, sans que A. ait besoin de m'y forcer. En quoi suis-je supérieure à ma forme antérieure, si ce n'est par ma soumission inconditionnelle envers A., mon adhésion volontaire à son univers, contrairement à l'épouse de A. qui s'y intégrait mal et devenait par conséquent un fantôme, un personnage étrange et déstabilisant au sein de cette multitude?

Dans la voiture, je pense au chat de mes beaux-parents. Je me souviens encore du jour où nous l'avons accompagné dans cette clinique, et du jour où on l'avait enterré. Je connais le chemin, je sais ce qui m'attend et je suis en accord avec A. Je suis tranquille dans ma cage.

Bientôt je me trouve sur une table couverte d'un

papier blanc. Je m'étends là, le ventre en l'air, sans me débattre, sans tenter de m'enfuir. Cela doit beaucoup impressionner la vétérinaire, jusqu'à la perplexité. Car, cette fois, elle me regarde en silence, presque méfiante, sans les compliments d'usage et le sourire professionnel qu'elle m'a adressés la semaine dernière.

– Pas de douleur, insiste A.

– Ne vous inquiétez pas, promet l'autre.

Je me demande si elle n'est pas passée par une semblable intervention radicale pour elle-même aussi, peut-être quelque part dans le même bâtiment, avec une mine de détermination consentante comme moi. En tout cas, on m'a dit que, à quarante ans passés, elle n'a pas eu d'enfants.

Pour commencer, je reçois une piqûre assez désagréable dans mes parties génitales. Puis je ne sens plus rien en bas du ventre. J'imagine qu'on va simplement coudre comme on le fait quelque part sur la planète aux fillettes vierges, seulement, ici, il s'agit pour moi d'une mesure définitive.

Affaiblie par le rhume et par les multiples interventions qu'on m'a récemment fait subir, je m'endors sur place. Quand je me réveille, tout semble terminé. Je vois des sourires sur des lèvres entrouvertes, des lèvres plus sensuelles les unes que les autres, celles de mon maître, de la vétérinaire et de l'assistante. Dans un élan de tendresse, A. s'incline vers moi pour me soulever. Le docteur lui a fait signe d'attendre. Par prudence la clinique nous retient quinze minutes de plus.

J'ai encore sommeil, j'ai l'impression de remonter

d'une éternité dont je n'ai aucun souvenir. Il ne m'en reste qu'un goût de fadeur dans ma bouche sèche, comme si je revenais d'une longue marche dans le désert, d'une maladie grave, du fond de la terre où l'on m'aurait déjà ensevelie. Or il ne s'agit que d'un bref moment où l'on m'a aidée à claquer une porte en moi, à y installer une clôture. Désormais tout espoir d'une durée au-delà de moi, toute tentative de survivre à ma mort grâce à une descendance est rejeté de mon corps. Mes gènes seront confondus avec d'autres liquides de mon corps et expulsés également, sans égard et sans regret. Il y aura toujours des chats, de toute façon, disent-ils tous, comme il y aura toujours des enfants. Ils éprouvent le besoin de se justifier ainsi.

Alors, je viens de rompre avec l'espèce des chats en reniant mon devoir de mettre des chatons au monde.

Je le fais pour me rendre facile à entretenir et pour ne pas encombrer davantage un monde déjà épuisé. Je voulais plaire à l'archéologue A., dans l'intention secrète de faire concurrence aux femmes qu'il n'a pas encore rencontrées, aux enfants qu'il n'a pas encore eus, à ses collègues dont il se méfie, à ses étudiants dont la vivacité et la franchise ébranlent sa confiance en lui. Je les remplacerai tous, sachant consoler A. dans sa solitude orgueilleuse, m'accommoder à son besoin de professer, à son besoin d'applaudissements, à son instinct protecteur, à son désir d'aimer l'autre, mais dans la facilité et sans résistance, à son idéalisme, à son goût pour la charité symbolique ou d'autres bons sentiments de la sorte.

26

Depuis l'opération, il est difficile de l'avouer, je remarque un changement, à la fois vague et évident, dans mon allure et dans mon comportement. Je ne cours plus. Je marche posément. Peu de choses peuvent maintenant m'exciter au point de faire un saut brusque. J'ignore les crapauds. Je chasse encore des oiseaux, non plus pour m'amuser, mais par colère contre leurs chants qui me dérangent. Je ne les poursuis guère plus loin que notre jardin, je ne veux simplement pas les voir ni sentir leur agitation, leur vitalité. J'ai payé un prix pour ma paix, il faudrait quand même que je puisse la goûter tranquillement dans mon jardin.

Je chasse également les autres chats, sans férocité mais gentiment et fermement. Je tiens à tout faire civilement. J'aime le masque et les gants que les humains portent, que je n'ai pas. Qu'ils soulèvent le masque et sortent leurs griffes de temps en temps ne m'étonne guère et me concerne peu. Le monde tout à coup me paraît banal.

La nourriture ne me dit plus grand-chose. Je me

nourris juste pour me débarrasser de la sensation de faim. Rien n'est réellement délicieux. Je ne vis plus pour manger. Des créatures ténébreuses aux célestes, des rats aux papillons, des vers aux moineaux, peu à peu, ils ont tous perdu intérêt pour moi. A vrai dire je ne sais plus pourquoi je suis encore en vie. Je crois être là pour me préparer à terminer cette vie de chat. Je vis pour me préparer à mourir.

Ou je pourrais prétendre que je suis à la recherche d'une beauté de l'au-delà. L'humanité devient mon obsession, mon culte, l'objet de ma contemplation, le noyau de ma spiritualité. Je suis un ange déchu de l'humanité, une femme déroutée, un enfant perdu. J'apprivoise ma mort future de cette façon, essayant d'adhérer à une créature plus grande représentée par A., dont le pouvoir me semble sans limite. Mon aspiration à la grandeur et à la divinité devient sans borne, maintenant que je n'éprouve plus aucun plaisir à être ce que je suis, aucun désir de quoi que ce soit. Tout ce qui m'est accessible dans ma condition actuelle me dégoûte. Il me faut un objet d'adoration de taille. Voilà pourquoi je médite avec application. Je suis très occupée dans mon inaction.

Je commence à ressembler au moi d'avant, à la femme de A. que j'ai été, car je suis devenue un peu le fantôme de mon maître, à force de le côtoyer, de l'admirer et de l'imiter. Seulement j'ai plus de succès que l'épouse de A. Je suis mieux appréciée dans le quartier et aussi parmi ses collègues.

Tous les jours, je reçois leurs compliments. Je

sors moins maintenant par peur de subir trop de tendresse, que je ne mérite pas, que je ne veux pas. La patronne de la pâtisserie d'en face m'a presque harcelée parce que je refuse de toucher à ses jambons. A vrai dire je n'ai pas pu obtenir autant de faveur dans ma vie d'avant, même avec la fraîcheur de mes dix-huit ans. C'est pourquoi on dit que la pelouse est plus verte chez le voisin. Les êtres d'une autre espèce nous paraissent meilleurs.

Finis, les insinuations quant à mon oisiveté, les leçons sur la nécessité et l'urgence d'agir, les reproches sur ma lâcheté de ne pas oser me lancer dans la course et dans la lutte, d'être en retrait, de ne pas contribuer à l'effort général, par conséquent d'exploiter ceux qui font des efforts, de me réduire à néant, d'être un parasite. Je me rends compte maintenant que tout cela était du théâtre, que toute cette critique était de la mauvaise foi. C'est comme si l'on me reprochait mon refus de me rendre dans un lieu qui, on le sait autant que moi, n'existe pas. En réalité ce n'était pas tant ma paresse qui dérangeait que le fait que j'étais un humain de trop.

Dans ma nouvelle vie actuelle, je n'ai plus de défaut. Ou ils ne paraissent plus comme tels. Tout est devenu si simple. Le monde de A. me paraît plus accueillant que jamais, car enfin je me trouve à ma juste place.

Les voisins, quand ils croisent A., s'attardent longuement pour lui fournir des conseils alimentaires me concernant. Je ne les ai jamais vus se comporter avec autant de douceur, de compassion, de solidarité, comme si j'étais l'enfant de tous et de chacun, comme si les barrières de tempérament me séparant d'eux autrefois étaient bien plus difficiles à franchir que celles, biologiques, qui nous divisent maintenant. Rien ne semble vraiment nous séparer, tant ils ont l'air de m'adorer plus que leur propre famille. Dès qu'ils me voient, ils ne peuvent s'empêcher de se plaindre de leur entourage le plus proche.

Ils ne valent pas un chat, disent-ils souvent.

Les amis de A. aussi, quand ils viennent à la maison, se disputent le droit de me prendre sur leurs genoux, alors qu'ils n'en font pas autant avec leurs enfants, qui les ont déjà assez fatigués.

Je me souviens qu'ils n'ont pas touché notre enfant non plus quand nous le leur avons montré. Je me demande même si cette première froideur que cet enfant a vaguement subie n'a pas été l'une des causes de mon échec parental, et aussi celle du départ de l'enfant plus tard.

Ma nouvelle naissance semble combler tout le monde, et maintenant vivre m'est bien plus facile qu'avant. J'aurais dû franchir ce pas il y a longtemps, j'aurais dû partir de chez A. avant que les choses ne se dégradent.

La disparition de son épouse le soulage visiblement. Maintenant quand A. rentre, il fait ce qu'il veut. Il claque la porte. Il garde ses souliers sans même penser à en essuyer les semelles. Il jette son manteau sur mon fauteuil. Il met des casseroles vides sur le feu. Il oublie de tirer la chasse d'eau. Il laisse la poussière s'accumuler à l'intérieur et l'herbe pousser dans le jardin, et ce, jusqu'à hauteur des fenêtres. Il passe la journée entière au travail et le week-end, s'il daigne allumer le téléviseur qu'il méprise publiquement, c'est pour regarder six ou sept émissions en même temps. Il se fait réveiller le matin par la radio, il mange dans le bruit assourdissant des informations sinistres. Tout ce que, pendant tant d'années, je n'ai pas voulu dans notre maison, il le fait de plus belle, comme une révolte, une revendication féroce, une soif après la privation. Chacun de ses gestes, chaque affirmation de sa liberté est un cri de haine que je reçois maintenant en pleine figure, sans qu'il le sache.

Ces détails qui auparavant me rendaient la vie impossible, me donnaient le sentiment d'être piétinée, ravagée, étouffée, poignardée, me sont maintenant d'une insignifiance presque totale. Le monde de A. dans son ensemble me paraît tout à fait tolérable, agréable et merveilleux. Seule la saleté collée sur ses chaussures attire encore mon attention, me distrait de mes séances de méditation sur son monde, me déroute dans ma foi, de la même manière dont A. lui-même se plaint d'une douleur dans le ventre quand on évoque devant lui des guerres religieuses.

Sinon, maintenant le passage de cet homme dans la maison ressemble non pas à celui d'un troupeau d'éléphants tel que je l'ai ressenti avant, mais plutôt à la marche d'extra-terrestres dont l'allure sûre et hautaine m'émeut jusqu'aux larmes.

Il semble éprouver du plaisir à exercer son pouvoir de maître.

Une fois, j'ai renversé mon bol par maladresse. Et je suis partie jouer sans rien nettoyer. Je n'ai pas l'habitude de manger à même le plancher, j'y ai aperçu une couche de poussière. A. refusait de remplir mon bol jusqu'à ce que j'aie tout ramassé avec ma langue. Cela m'a pris deux jours entiers.

Je ne lui en veux pas. Je reçois la punition avec gratitude. Sans peine on n'arrive à rien. Le bonheur est cette rive lointaine qu'on ne trouve qu'en soi.

Le désir d'autorité est une des vérités que je viens de découvrir en A. Je croyais qu'il était contre cela, la domination, que sa force intérieure et sa confiance en soi, au moins face à moi, lui suffisaient vraiment, que l'homme nouveau était radicalement différent de l'ancien sur ce point. J'aurais aimé le savoir plus tôt, qu'il ne refoule ni ne cache rien, ainsi je m'y serais mieux adaptée. C'est précisément là que mon mariage a échoué.

Maintenant que nous sommes chacun à son rang, à sa place bien déterminée, avec un rôle bien clair, nous sommes plus ensemble que jamais dans notre séparation. A cela je ne m'attendais pas. Nous nous réjouissons d'une paix que nous ne pouvions pas imaginer en des circonstances normales, lorsque je partageais son foyer sous forme humaine, en égale.

27

Entre-temps, la secrétaire a terminé ses études. Elle est tout de suite promue au poste d'assistante de recherche dans le laboratoire que dirige A.

Ils sont déjà partis ensemble pour de longues fouilles dans des endroits pittoresques. Cela ne gêne personne, puisque ma disparition est une affaire classée. Leur territoire amoureux comme celui de leur recherche s'étend à la planète entière. Les voyages ne leur inspirent nullement le sentiment de l'humilité que j'éprouve parfois devant l'immensité des choses m'entourant, au contraire, ils se familiarisent avec la planète comme avec la paume de leur propre main. Il n'y a rien qu'ils ne puissent expliquer, comprendre et inventer. Ce sont des créateurs, de vrais maîtres.

Mais le temps de l'épreuve – c'en est un quand même, pour moi – arrive enfin. Quand ils rentrent ensemble pour la première fois, vers la fin du jour, je suis encore en pleine sieste dans la chambre du haut, comme d'habitude. J'entends un froissement derrière la porte, la clé tâtonne déraisonnablement dans la serrure, on dirait que A. se trompe de clé. Tout de suite je perçois qu'il n'est pas seul. Je devine aussi que les lèvres brûlantes ne peuvent pas attendre, qu'elles sont ouvertes avant que la porte ne cède. Je reste un instant sur le palier, hésitante, ne sachant où me diriger, si je dois descendre accueillir A. comme je le fais tous les jours, ou s'il faut me cacher sous la commode. J'ai opté pour la discrétion. Au moment où je cours dans l'escalier, la porte s'ouvre, A. jette un regard vers moi, en relâchant imperceptiblement sa copine essoufflée et à moitié déboutonnée. Elle ne m'a pas vue. Je me cache rapidement sous la commode.

Ils vont d'abord dans le bureau de A. en fermant la porte derrière eux. Puis ils descendent dans la cuisine. Mais ils n'y restent pas, voulant juste prendre un plateau de je ne sais quoi pour grignoter. A. dépose mon repas à l'endroit habituel. Je n'ai pas grand-chose à manger moi non plus. Je n'ai que des miettes d'œuf dur. Puis ils se précipitent dans l'escalier, appelés par une autre faim plus impérieuse. Bientôt la maison est remplie de bruits suspects, de gémissements et de respirations fortes, de frottements de pieds de chaises sur le plancher, de chocs de tête contre le mur... On croirait que les squelettes dans la cave se mettent à danser.

Tard dans la nuit, je les entends descendre dans la cuisine, comme des rats, pour fouiller dans le frigo. Après ils sont remontés dans la chambre. Je n'ai pas touché à mon assiette. Pas envie de sortir non plus.

Je me sens engourdie dans le néant de mon existence, dans cette maison que je n'arrive pas à quitter. Consciente de ma dégradation sur l'échelle de l'évolution, j'entends les morts dans la cave m'appeler du fond de leur éternité.

J'ai dormi un peu. Quand je me réveille, je constate que la maison est de nouveau tranquille. J'essaie de réfléchir à la nouvelle situation, à ce qu'elle pourrait impliquer pour moi. Cela annonce la disgrâce de mon ancienne forme, c'est évident, cela met fin à ma vie d'avant, à mon rôle auprès de A., que de toute façon j'ai mal joué et que je ne joue plus. Le remplacement est confirmé. Je ne peux aller plus loin que cela dans ma réflexion. L'arrivée de cette femme me cause un si grand étourdissement, la vue de cette chair abondante et fraîche me rend l'esprit si confus, et cependant si lucide quant au ridicule de ma survie, que sans tarder je m'évade à nouveau dans mon sommeil.

Depuis, elle revient souvent pour se faire toucher. Chaque fois A. semble se dépenser à l'extrême dans cette activité. On dirait qu'ils n'ont pas autre chose à faire ensemble. Aucune conversation en tout cas. A. parle seul.

Il ne regarde pas les femmes intelligentes et volontaires. Il n'a jamais voulu une interlocutrice. Ce qu'il lui faut est une brave femme comprenant ce qu'il veut, capable de l'écouter avec indulgence, sinon avec admiration. J'ai eu l'occasion de rencontrer quelques étudiantes d'esprit vif qui momentanément adoraient leur prof A. Mais ce dernier les avait toutes écartées du revers de la main. A force d'enseigner, et avec l'âge, il a développé un goût pour un auditoire docile, il aime professer en tout temps et en tout lieu, mais sans se fatiguer, sans susciter de controverse ni de défi véritable. Il a préféré la secrétaire.

Après leur étreinte, donc, pendant le bref moment précédant leur séparation dans le sommeil, c'est toujours A. qui bavarde seul, d'une voix trop élevée pour paraître intime, une voix neutre et dominante comme s'il était en classe, devant une foule, avec une tendre fermeté qui refuse le dialogue. Non seulement je n'ai pas envié le moins du monde ma remplaçante, mais je ressens envers elle une vague sympathie, une solidarité féminine si on peut dire, même s'il s'agit ici d'une vraie rivale.

Elle finira par s'installer longtemps dans cette maison et par la transformer. Elle commence déjà à parler d'argent, d'enfants, de l'achat d'une deuxième voiture, de la recherche d'une seconde résidence, de la vente de la collection de A., de l'évacuation des squelettes, de l'abandon des pierres, de la reconstruction du sous-sol, des dons de livres, de la transformation du bureau de A. en chambre d'invités, du remplacement des fleurs vivaces par des légumes.

Surtout, elle a parlé de son allergie aux chats. Jusqu'à maintenant elle n'a pu qu'apercevoir ma silhouette, remarquer mes poils par terre et sur les chaises et constater le changement dans mes bols de nourriture. Je ne mange jamais quand elle est là. Je passe beaucoup de temps dehors ou dans ma cachette. Je l'évite de mon mieux.

Mais il faut que je réagisse.

Cela me peinerait à en mourir si je devais quitter mon territoire. Je suis très sûre que cette maison sera ma tombe, que je n'aurai d'autres endroits où aller. Et comment laisser tomber A. dans son état actuel, entre les mains dangereuses de sa copine ? Comment partir tandis qu'il atteint la cinquantaine, que son courage le quitte, sa force diminue, sa santé décline, son esprit s'obscurcit ? Sa relation avec cette copine qu'il connaît peu est selon moi le commencement de sa déroute. Je le vois dévaler sa pente seul, trébuchant, ses cheveux gris soulevés par le vent, une valise à la main, désormais légitimement exclu de chez lui, ayant cédé sa maison à la copine devenue enceinte de sa semence, mais ne voulant partager le futur enfant avec lui, et refusant l'effroyable avenir de devoir encore s'occuper d'un vieux, d'un grand enfant, après des décennies de service en tant que mère. Cette histoire éventuelle me cause des crampes à l'estomac. Quand, dans la cuisine, A. me tend mon assiette en sifflotant, l'air content et innocent, j'ai parfois envie de pleurer.

J'ai maintenant peu d'occasions de rester en tête-à-tête avec A. La copine, sans encore emménager chez nous, vient presque tous les jours. Ils rentrent le soir et partent au travail ensemble le matin. Le week-end encore ils font des choses ensemble. J'ai presque oublié ce que c'est de dormir sur ses genoux. Pendant les rares moments où l'on se retrouve seuls tous les deux, A. paraît très fatigué. Il reste couché plus longtemps qu'avant pour récupérer, mais il se réveille fréquemment au cours de la nuit.

Il maigrit de jour en jour alors que sa copine engraisse davantage, en vidant régulièrement notre frigo. Je vois cela très clairement de l'extérieur, je vois la vie sortir du corps de A. pour s'introduire dans celui de la femme en l'alimentant, je vois le visage de A. rayonner sous l'effet du bonheur comme le crépuscule, alors qu'il émane de la femme une forte odeur de terre, ce qui fait songer à une robuste plante éternelle.

Comment lui communiquer mon impression, qu'il n'écoutera pas de toute façon? Je n'ose plus m'approcher, et je m'assois à quelques pas de lui, le regard triste, espérant qu'il verra ma queue se balancer tendrement à son intention. Il me salue avec une gaieté un peu feinte. Je perçois dans sa voix une imperceptible gêne, une légère désolation, comme s'il y avait eu un pacte entre nous et qu'il l'avait brisé.

Mais c'est uniquement mon interprétation. Je me rends tout de suite compte de son absurdité. En tout cas A. n'est pas quelqu'un qui procède à des examens de conscience, qui se questionne. Pendant la si longue durée de notre vie en couple, il ne s'est jamais excusé une seule fois, parce qu'il n'a jamais eu tort. Si aujourd'hui je suis devenue ce que je suis, c'est ma faute, je n'ai pas su saisir ma chance. Car le passage de A. dans ce monde est un passage céleste. Il n'a pas à se plier devant une chatte tout comme il n'a pas à se mettre au même niveau qu'une femme. Non seulement il fait partie d'une autre race, mais encore parmi ceux de son espèce il est unique, incomparable. Un regard de lui sur la multitude des espèces est un rayon de salut, l'écume de sa salive est une source divine.

Je n'ai pas de viande crue depuis des semaines, puisque la plupart du temps c'est elle qui fait la cuisine, et elle cuit tout. A. n'a plus la tête à s'occuper de moi, tant il s'empresse de promener ses mains sous la veste de celle qui cuisine. Son corps lui est ainsi complètement livré tellement elle est préoccupée par sa tâche.

28

D'abord je refuse de la rencontrer. Vers la fin de l'après-midi, dès que je les entends de retour du travail, avant qu'ils n'ouvrent la porte, je sors par la fenêtre de la cuisine que A. laisse entrouverte beau temps mauvais temps.

Je traîne pendant de longues heures dans les rues, souffrant d'une solitude imposée, me liant d'amitié avec des chats castrés et des chattes stérilisées, avec ce peuple désolant qui n'aide pas à améliorer mon humeur. Je ne regarde pas les sauvages, tout de même, je n'ai aucune envie de les fréquenter. Ce n'est pas seulement parce qu'ils sentent mauvais et qu'ils se nourrissent dans des poubelles, mais surtout parce que cette rudesse dans leur allure, cette insolence dans leur regard, cette impolitesse et ce manque d'éducation chez eux me gênent.

Les mâles surtout sont à éviter, ils risquent de vouloir trop de moi, par exemple, que je me mêle à leur vie, me soumette à leurs caprices, voire peut-être que je reçoive leur semence. La semence, c'est tout ce qu'ils ont que les chats de notre quartier n'ont pas. Or, sans tenir compte de ma récente opération, je ne leur appartiens guère. Je suis une chatte mais ne le suis pas tout à fait. Si je leur apprends que j'ai été l'épouse de A., ils vont rire et me dire d'aller voir la vétérinaire.

J'ai sans doute l'air abattu et très désorienté. Sur ma route j'ai attiré l'attention des chats et aussi des humains.

Une fois, un mâle, bien qu'opéré, a essayé de profiter de ma détresse pour sauter sur moi. Je lui ai donné un coup de griffe au visage et je me suis enfuie.

Une autre fois, une femme habitant deux rues plus loin a tenté de m'enlever, malgré le fait qu'elle a très bien vu que, même sans collier au cou, j'appartenais déjà à quelqu'un, que je menais une vie assez soignée. Elle m'a souvent vue traîner seule dans la rue. Quand je passais devant sa maison, elle venait me caresser tout doucement en murmurant comme à un bébé. Peut-être qu'en ce moment mon allure sans enthousiasme et un peu déprimée lui a laissé supposer que je serais plus heureuse chez elle que là où j'étais? Un jour, debout à la porte de sa maison, elle m'a fait signe de m'approcher, avec au bout des doigts un morceau frais de poisson cru. Je me suis avancée jusqu'au seuil et je me suis arrêtée pour la regarder. Elle a fini par sortir. J'ai saisi le poisson d'un seul coup, et au moment où elle a tendu les bras non pas pour me caresser cette fois mais pour me capturer, je me suis vite détournée et j'ai continué mon chemin. Je l'ai entendue dire :

– Ils sont tous comme ça.

Comme si j'étais représentative de tous les chats du monde, que je portais tous les défauts de ce peuple.

Depuis, quand je passe devant chez elle, elle ne sort plus. Et si je la croise dans la rue, elle fait semblant de ne pas me reconnaître.

Je réussis toujours à remplir mon ventre chez les autres, si cela me tente. Maintenant je ne rentre qu'après minuit, question de ne pas entendre les gémissements exagérés de la copine dans la chambre.

Mais mon effort pour la paix se révèle inutile. Mon existence clandestine dans cette maison n'a pas cessé de hanter son esprit. Elle a longuement interrogé A. sur moi. Je devine que les réponses de A. ont dû manquer de clarté. Elle demande à me voir.

– Ce n'est qu'une chatte, lui dit A.

– Heureusement, réplique-t-elle.

Elle a attendu jusqu'au samedi matin. Alors, dès son lever, elle ferme toutes les fenêtres y compris celle de la cuisine. Elle s'avance droit vers la commode et m'ordonne de sortir.

Je ne bouge pas.

Elle menace à haute voix d'aller chercher un balai et de nettoyer sous les meubles. Alors A. descend avec un soupir. Il s'agenouille et pose la tête contre le plancher pour me regarder, puis il me tend une main, saisit ma patte avant et m'extrait de ma cachette. Je veux m'en aller mais il me prend dans les bras. Ses bras musclés et ses grandes mains me tiennent si bien que je ne pense plus à me débattre. Cette scène irrite davantage la copine.

Elle déverse des méchancetés sur les chats. Ce sont des bêtes ingrates en général, et pire encore, ceux de ma race sont des chasseurs, des nomades incapables d'apprivoisement, de vrais attachements, de grande affection. Puis elle se met à éternuer et à se frotter les yeux.

A. se tient là avec moi dans les bras et ne sait que faire. Je pense que tout comme moi il a des doutes sur l'allergie soudaine de cette femme. Il la connaît depuis longtemps comme collègue, il ne l'a jamais entendue parler de son allergie aux chats. Il se demande si ce n'est pas le début de la manifestation de sa vraie nature, camouflée sous son joli visage et par sa douce voix, de ses intolérances inavouées. Toutefois il me pose par terre et m'ouvre la porte.

Je sors en me retournant et en le regardant. Il veut prendre la copine dans ses bras à son tour, mais celle-ci le repousse en tapant légèrement sa veste pour enlever deux poils noirs. M'apercevant encore assise devant la maison en train de les regarder, avec ce regard de renard, dit-elle, d'espionne, elle ferme la porte très fort, faisant vibrer toute la maison. J'entends A. venir ouvrir la fenêtre de la cuisine en lui disant que ce n'est pas la peine de se fâcher contre un animal et qu'il n'aime pas qu'on claque la porte chez lui. Bientôt la porte de la maison se rouvre, la copine furieuse part en coup de vent.

Le soir, quand j'ai enfin le courage de rentrer, je vois que mes bols sont remplis, mais que la cuisine n'a pas été touchée. Je retrouve A. étendu sur le lit beaucoup plus tôt que d'habitude. Il ne lit même pas. J'aimerais m'approcher et lui lécher les pieds et les mains, mais la consolation que je souhaite ainsi lui procurer est bien mince, je le sais, comparée à la délicieuse compagnie de la copine. Je reste un peu sur le tapis auprès du lit, le cœur lourd. Comme je n'arrive même pas à ronronner, je descends me coucher sous la commode.

Il a dû passer le week-end à travailler, seul. Il n'a pu faire autrement, même quand nous étions mariés. Même si un jour il doit vivre avec cette copine-là ou bien une autre, il restera seul et devra passer la plus grande partie de sa vie au travail, celui-ci étant le meilleur remède contre sa solitude et sa dépression. Tel est son destin, et le destin de tous ceux qui s'aiment et qui se valorisent énormément eux-mêmes et pour qui personne d'autre ne peut vraiment compter dans leur vie.

Mais dès le lundi soir, la copine est revenue.

Elle se rend, capitule, négocie. Elle tient à rester dans l'ombre d'un homme brillant, tel un parasite, aspirant à lui voler un peu de son éclat, jusqu'à ce qu'elle brille un jour elle aussi.

Quand elle vient, elle marche fièrement à côté de lui et salue tout le monde dans la rue à haute voix, comme pour attester publiquement l'irrévocabilité de sa présence chez A. Et les gens adorent sa transparence, sa vulnérabilité, l'innocence avec laquelle elle s'expose aux aléas d'une relation, aux éventuelles humiliations et aux pitiés condescendantes.

Elle me ressemble par sa nature, je trouve, elle ressemble à une chatte au crâne étroit, aux désirs simples, désir de tout recevoir et de ne rien donner, de vivre sans effort aux dépens des autres. Mais elle comprend moins bien que moi la règle du jeu, les clés de la réussite que sont douceur, ignorance et modestie et qu'impose le fantasme masculin. Il manque en elle une profonde humilité, nécessaire pour attendrir un homme. C'est par là qu'elle va échouer.

A cause de moi et de son impatience de me détruire, une fissure est née ce week-end dans l'amour de A. pour elle. Je vois très bien cette fissure du dessous de la commode où je me cache, dans le ton sur lequel A. lui parle, un ton à peine différent de celui d'avant, mais un peu plus formel, un peu distant, timide même, comme celui d'un client qui parle dans une boutique où il est servi, où il n'est pas sûr d'acheter quoi que ce soit, qui interroge quand même, pour être gentil et poli, tout en anticipant la difficulté et la gêne qu'il éprouvera plus tard en quittant l'endroit.

29

A l'heure du repas, il ne m'est plus possible de m'approcher de la cuisine. La copine en fait son territoire et l'occupe fermement. Seulement la poissonnerie me laisse encore goûter de temps à autre à la viande fraîche des poissons. Mes assiettes en céramique sont remplacées par des bols uniformes et en plastique qu'on trouve chez tous les propriétaires de chats. Ils sont maintenant déplacés jusqu'à la salle de bains. Ma nourriture consiste uniquement en croquettes de viande séchée de provenance imprécise et douteuse, de moins en moins variées, presque toujours de la même sorte, dure pour les dents et difficile à avaler. Même la quantité en est insuffisante. Je reste souvent sur ma faim.

Le matin, quand je rentre de mes excursions nocturnes, je suis frustrée de trouver mon bol vide. Je me demande pourquoi je reviens encore. Mais aussitôt je comprends que cette question est exactement celle que la copine voudrait que je me pose. Elle souhaite me voir partir de ma propre volonté.

Et je ne veux pas la satisfaire sur ce point. Je reste, je hurle, je les réveille. Ils ne répondent pas, ils font semblant de dormir. Ou bien ils se mettent à se quereller entre eux. Je suis alors obligée de ressortir, afin de ne pas entendre le discours de la copine sur la décadence et la nature perfide de notre race.

Maintenant je vais parfois chez mon ami pour manger dans son bol. Je trouve qu'on se nourrit mieux chez lui : ses croquettes de viande sont plus huilées, croustillantes et parfumées. Et l'on mange en paix chez lui, on ne craint pas de se faire surprendre. Il est vrai que mon ami m'inquiète avec son ventre qui pend de plus en plus et qui frôle le sol presque. Mais pourquoi rester dans ce monde si l'on n'a plus de plaisir, si le corps n'a plus le droit de se munir de chair librement, sous le regard opiniâtre des autres et rien qu'en échange d'une petite prolongation de vie théorique ? Celle-ci paraît d'autant plus insignifiante que la durée de notre vie est limitée à une quinzaine d'années au maximum. Manger est une activité si ancienne, si profondément sensuelle, si fondamentale qu'on mourrait volontiers pour elle. Je ne trouve pas un objectif plus authentique de ma vie. Le régime, c'est encore un truc des humains qui contredisent la nature et qui veulent nous empêcher de vivre nous aussi.

Regarde comment elle mange, cette bête, et comment les gens ici mangent, dit la copine, avec l'avarice d'une paysanne et l'insolence d'une moderne.

Sur cette remarque, A., qui aurait pensé se

resservir, repousse son assiette et avale ce qui est dans sa bouche en baissant les yeux.

La chambre m'est désormais interdite. Je ne peux plus monter à l'étage. Je ne peux non plus dormir sur le canapé ni sur le coussin du fauteuil, parce que je perds mes poils. Je dors maintenant en tout temps sous la commode, près de la porte d'entrée. Je peux sentir le vent froid pénétrer par la fente presque visible sous la porte.

Mon territoire dans cette maison est sensiblement réduit. Et je sais bien que ce n'est pas fini. Ce n'est que le prélude de la persécution. Je demeure sous le meuble, semblable aux Juifs dans les ghettos, pressentant une prochaine étape de déchaînement, une tempête radicale à venir. Je ne peux plus marcher normalement ici sans le risque de provoquer de la tension sinon une vraie querelle chez mes maîtres.

Je voudrais que A. puisse vivre en paix.

Mais parfois, saisie soudainement par un désir de révolte, par un reste de fierté et d'amour-propre, par une pulsion de meurtre sans doute ancestrale, je rentre exprès au milieu de la nuit chercher des problèmes.

Pendant qu'ils font l'amour, je joue avec les petites chaussures de la copine qui ressemblent à des souris. Je les pousse, ensuite je les rattrape, les renverse et les mords. Je fais tant de bruit qu'on n'entend plus de mouvement là-haut. Du fond de leur chambre obscure, moite de sueur froide, ils arrêtent de bouger et m'écoutent.

Pour que la copine sorte de sous la chaude couverture, de son demi-sommeil, et vienne tremblante dans le couloir dévoiler son vrai caractère et sa grande gueule d'hystérique, dissimulée normalement sous un sourire faux, je monte sur le comptoir et sur le couvercle de la casserole, et en accomplissant un bond je m'attaque à la montagne des fruits qui s'écroulent sous mes pas, tombent par terre et roulent dans tous les sens.

Et, quand je mets la tête dans un bol de viande marinée qu'elle a oublié de mettre dans le frigo, enfin elle se met à hurler.

Nous sommes en pleine nuit. Par la fenêtre ouverte de la cuisine, les voisins peuvent l'entendre et le lendemain ils vont la regarder différemment.

Toutes les vraies femmes aux nerfs fragiles et au cerveau mou manifestent leur dérapage, leur naufrage par des cris. Elles savent que leurs limites sont atteintes, au-delà desquelles les ténèbres les attendent. Dans leur perte elles veulent entraîner leurs proches qui – d'ailleurs ce sont toujours eux – les y précipitent, les achèvent pour de bon, en se dérobant, en se sauvant. Ce n'est pas un crime quand les victimes tuent les bourreaux. Du monde extérieur ne viennent que jugement et mépris, jamais de secours. Elles ne voient pas une issue à l'instant où elles crient, où elles haussent la voix jusqu'à ce que celle-ci devienne insoutenable, inhumaine. Elles deviennent inhumaines.

Je sais que A. déteste les cris. Ceux qui tolèrent

mal les cris des femmes n'aiment pas vraiment les femmes. S'ils sont amoureux, ils le sont d'une image, d'une ombre, d'un fantôme. La copine ne le sait pas encore. Elle ne sait pas encore que de toute façon elle n'a pas d'avenir dans cette maison, qu'elle n'est pas assez forte pour patienter, pour un jour mettre A. à la porte, lui prendre sa maison, le réduire à la clochardisation des années après sa retraite, se débarrasser de lui en le faisant entrer dans une résidence de mourants, ainsi que le feraient tant d'autres femmes comme ultime vengeance.

Et moi je suis là, de plus, pour l'en empêcher, pour lui prendre son pouvoir. Je l'oblige à se trahir avant même que A. ne se mette à prendre distance. Je veux que A. voie son vrai visage, la vérité de cette personne, la vérité de toutes les femmes offertes à vrai dire, qu'il ne découvrira qu'après la période de séduction. J'ai réussi à la faire crier prématurément, comme si elle était mariée depuis des années.

Je veux que A. comprenne que, s'il ne peut pas s'entendre avec moi, il ne le pourra avec personne d'autre. Notre mariage n'a pas marché plutôt à cause de lui. Il n'a tort en rien, c'est certain, il n'a pas de défauts qui soient de vrais défauts, cela aussi est entendu. Il y a juste un problème dans sa perception de l'être dont il croit s'éprendre. Il ne voit personne quand il est avec moi ou avec la copine. Il ne voit et n'entend que ce qu'il veut voir, ce qu'il veut entendre. D'ailleurs il parle de ses propres préoccupations la plupart du temps. Il reste fermement dans son univers à lui. Et son véritable objet d'amour n'est rien d'autre que lui-même. Il ne s'est trompé sur personne, puisque personne n'a jamais vraiment existé avant de le choquer réellement.

30

Quand elle n'est pas là, je reviens souvent auprès de A. Si j'ai faim, je m'approche de lui et frotte ma joue contre ses pantalons, juste un peu – je découvre que la philosophie de la vie se réduit à une question de mesure, puis je vais sagement attendre dans la salle de bains en bas, près de la porte, pour qu'il puisse facilement m'apercevoir du couloir. Aucun cri. Silence absolu. Et il vient. Je ne marche jamais non plus entre ses jambes de peur de le faire trébucher. Une fois, la copine a failli renverser sur moi une soupe chaude quand j'ai tourné autour d'elle à l'heure du repas. Je fais en sorte que la paix règne dans la maison, que le contraste soit grand pour A. entre la vie tumultueuse avec la copine et ma douce et taciturne compagnie quand je reste couchée tendrement à ses pieds.

A mesure que la copine espace ses visites, ou qu'A. l'invite un peu moins qu'avant, je reprends mes habitudes dans la maison, au point d'oublier de me retirer quand la copine revient. Elle m'a surprise plusieurs fois endormie dans mon fauteuil, et elle a jeté le coussin plein de mes poils. Elle ne peut plus imposer de règles à mon égard, ni me jeter dehors, puisque le rapport de forces a changé, elle le sait. A. n'est plus très sûr de son avenir avec elle, leur relation glisse vers la cordialité. En revanche il a pris la décision de me garder. Ce n'est pas parce qu'il m'aime plus que la copine. Mais qu'un engagement avec moi est une chose facile, ne lui coûte presque rien, n'a aucune signification légale, ne comporte aucun risque de perte ou de procès pour lui, implique une responsabilité minimale envers moi, sinon nulle. Cela fait de notre race un substitut de compagnon idéal.

Maintenant la copine comprend bien, mais un peu tard, que je suis une rivale menaçante. Quand elle est occupée dans la cuisine, je n'y vais pas. J'y vois beaucoup d'ustensiles meurtriers. Il y a de l'eau, et il y a du feu. Les éléments les plus essentiels et les plus anciens, qui nous rappellent le plus notre vie barbare, sont les plus dangereux. Je m'imagine assassinée de diverses façons épouvantables. Je vais donc plutôt rejoindre A. dans son bureau. Sans oser encore monter sur ses genoux, je reste assise sur le plancher, près de sa chaise. Cette nouvelle audace avec laquelle je flatte mon maître, en présence même de la copine, la met hors d'elle.

Mais la flatterie, c'est tout ce qu'il lui faut, à cet homme, comment peut-elle ne pas le comprendre, ne pas le détecter, c'est pourtant simple, c'est pourtant nécessaire de l'incorporer dans sa stratégie de séductrice, stratégie pouvant susciter en lui le désir. Son désir non pas pour elle, mais pour lui-même. Il s'agit ici de l'amour de soi extériorisé et projeté sur le corps de la copine. C'est un grand bébé. Il lui faut être soutenu à tout prix et en permanence. Il appelle cela l'amour inconditionnel. De la femme il exige ce qui recouvre ses incompétences qu'il ne veut pas regarder, ce qui lui procure une illusion de sa propre force, de la perfection de sa personne, de sa normalité, de sa jeunesse finissante, ce qui lui inspire une assurance que le reste du monde cruel n'arrête pas de lui enlever. Et cela, cet amour, cette adoration, cette confiance, c'est chez moi qu'il le trouve, et pas chez la copine.

Elle ne peut plus cacher sa haine contre moi.

Voyons, ce n'est qu'une chatte, lui répète A.

Il ne sait plus comment la calmer. Il comprend que la seule solution serait de me mettre à la porte, mais il ne le veut pas. Sans doute non parce qu'il m'aime plus qu'elle. Forcé par la stupide copine à nous mettre elle et moi dans une balance de pour et de contre, A. n'a pas encore pu bien peser, il n'a pas encore pu voir et déchiffrer les inclinations, à cause de l'excès d'agitation provenant de la copine. Et elle se sent humiliée par sa propre jalousie, par cette situation, par mon retour dans la maison et par ma réussite selon elle évidente auprès de A.

Finalement ils ont rompu. A cause des photos.

Une semaine après que A. l'a introduite dans la maison, la copine a posé une photo d'elle-même joliment encadrée sur le bureau de A. où il passe presque tout son temps libre, afin de la lui rappeler, cette femme qui le regarde comme d'un autre temps, du fond d'un jardin fleuri, d'un endroit que A. ne connaît pas.

Un dimanche après-midi, la copine n'est pas venue, et par désœuvrement et sans doute attiré par la qualité de lumière à ce moment-là, A. a fait une photo de moi assise sur le bord de la fenêtre dans la cuisine. Il a trouvé la photo pas mal. Il l'a imprimée.

Il est allé dans la chambre sortir du placard une photo de moi d'antan me promenant avec mon enfant près du fleuve, photo que la copine avait enlevée du mur. A. nous a regardés un instant, l'enfant et moi. Les yeux humides, il s'est aperçu lui-même derrière la caméra.

Refroidi et désolé comme il l'était maintenant dans sa relation avec la copine, il pensait probablement que, tout compte fait, sa vie d'avant n'avait pas été vraiment mauvaise, que tout était relatif. Il sentait que dorénavant il n'aurait plus la force de construire une famille comme celle-là, ce quelque chose de stéréotypé et de démodé, profondément semé en lui par ses parents tel un critère incontournable du bonheur, un objectif important dans sa vie, qu'il n'aurait plus jamais une femme et un enfant dans sa vie, dans une photo à lui, dans une photo comme celle-ci.

Il a retiré la vieille photo de son cadre. Il y a inséré la nouvelle photo de moi sous forme de chatte, et il l'a posée à côté de celle moins grande de la copine. J'interprète ce geste non seulement comme une déclaration de son choix entre la copine et moi, mais aussi comme la manifestation de sa volonté d'oublier son passé avec moi d'autrefois et de son désir de célibat. Il a mis quelques minutes à observer la photo de la copine. Il n'y a pas touché.

Le lendemain, quand la copine a vu ma photo, dans un format supérieur à la sienne, dans un cadre en bois blanc mis un peu par-devant et couvrant presque le sien, elle est entrée dans une telle rage qu'en un instant, toutes les photos se sont retrouvées par terre, avec fracas, en débris, comme sous une rafale provenant du fond des mers, annonçant la fin d'une saison, d'une vie, d'une époque, d'un monde.

Je reverrai cette scène longtemps après, à la veille de la mort de A., lorsque notre maison aura été secouée pendant que la terre tremblera, lorsque tout ce qui est accroché aux murs se retrouvera par terre.

31

Le départ de la copine nous soulage A. et moi. Nous formons un nouveau couple et nous sommes proches l'un de l'autre plus que jamais. Nous sommes ensemble dans la cuisine, dans le bureau, dans la chambre, dans le jardin et, parfois, dans la cave. Ensemble dans le désordre devenu visible de la maison, dans la contemplation du soleil couchant, parmi les squelettes dont les étiquettes se lisent de moins en moins bien à cause de l'humidité montée du sol – le chauffage ne marche pas depuis des mois déjà, A. ne s'en occupe pas, et je ne sais comment lui exprimer mon inquiétude. Chaque fois qu'on descend dans la cave, on éternue et on frissonne. Mais cela ne lui dit rien. J'admire cette désinvolture en lui. Dans la vie et même au-delà, il y a des choses plus importantes dont on doit s'occuper que le chauffage. Chaque instant de cette vie est à vivre pleinement. Chaque dispersion dans le matériel est une petite mort.

Quand il fait des courses, je l'attends dans la rue, devant notre jardin. Nous nous séparons seulement quand il doit se rendre au travail. Je vois mon ami voisin rarement. Je sors très peu la nuit, voire uniquement pour faire mes besoins. Quand il rentre, A. sait maintenant se retenir pour ne pas énumérer ses accomplissements du jour, quoiqu'il en ait terriblement envie. Je ne l'écouterais pas. Je me détournerais dès qu'il se mettrait à conter. Il me ferait pitié s'il se montrait si peu confiant en lui-même, si incertain du sens de son travail, de l'utilité de sa vie qui s'écoule, comme cela, en essayant de donner une importance à sa journée, en cherchant une confirmation auprès de quelqu'un d'autre. Ou trop narcissique, à ne vouloir parler que de lui-même, que de ses préoccupations à lui. Trop faible pour reconduire l'immense énergie qu'il contient dans sa tête vers les autres parties de son corps. Les approbations et les applaudissements, il lui faut les chercher ailleurs s'il en a besoin.

Mes oreilles sont assez bonnes, j'entends tout, mais elles sont fermées aux paroles. Les mots comptent peu pour moi. Il me faut un autre langage. J'appréhende les choses et les êtres autrement. Je suis avec A. en dehors des mots. En tout cas je le crois. Voilà l'immense changement que m'apporte ma nouvelle vie. Je pense encore, les mots, ou la mémoire des mots, sont encore là, quelque part dans la tête, sans que je puisse les prononcer. Ce qui ferait dire aux promeneurs dans notre ville :

– Tiens, voilà une drôle de chatte.

Ils perçoivent sans doute quelque chose à la fois de familier et de dégoûtant dans la façon dont je me pose, et dans mon regard. Quelque chose de trop humain, de trop mental.

A. et moi nous habitons une maison de sourds et de muets, nous vivons dans une complicité silencieuse. La tête de A. redevient tumultueuse dès qu'il entre dans son bureau, dès qu'il travaille, dès qu'il souhaite ajouter quelque chose au monde, il est vrai qu'il s'agit seulement du monde des idées, mais cela représente pour lui la totalité de l'existence. Quand nous nous trouvons face à face, nous sommes contraints au recueillement, à la réserve. Nos corps bougent d'un coin de la maison à l'autre dans la variation de la lumière et de l'ombre, comme des bêtes préhistoriques, sans langue. Voilà une condition paradisiaque. Notre maison calme flotte dans un monde bruyant, telle une île qui se tient dans le va-et-vient des vagues étourdissantes.

Un soir, l'inspecteur est revenu le voir. Il semble être au courant de tout ce qui se passe dans la vie de A. Il le surveille de près. Il sait qu'une femme était venue dans sa vie mais elle est vite repartie. Sans doute avait-elle flairé quelque chose de louche chez lui. L'inspecteur en est alarmé. Il lui fallait éviter une nouvelle disparition. Il ne tolérerait pas que cela se reproduise sous son nez. Ce serait trop le défier.

Il a proposé à son suspect d'aller voir la psychologue s'il en éprouve le besoin. L'inspecteur a insinué que A. en avait besoin. A. a trouvé ce conseil absurde, s'est senti offensé, a déclaré qu'il ne s'est rien passé d'important entre la copine et lui, que sa vie n'a jamais été aussi bonne que celle qu'il mène maintenant.

L'inspecteur a jeté un coup d'œil curieux sur moi. Je suis restée aux pieds de A. pendant sa visite. Je faisais la garde.

Alors l'homme est allé interroger la copine. Cette femme, sans pouvoir dire rien de grave contre A., a rapporté à plusieurs collègues sa conversation avec l'inspecteur.

Cette fois A. est de mauvaise humeur. On a assez mis le nez dans ses affaires. On n'en a pas le droit, puisqu'on n'a aucune preuve contre lui.

Notre maison est toujours sous surveillance. Des inconnus viennent se garer dans notre rue et attendent dans leur voiture pendant des heures. On peut venir nous importuner quand on le veut. Une fois, A. a laissé échapper une assiette dans l'évier, et tout de suite quelqu'un est venu frapper à la porte afin de voir si tout allait bien. A. jouit d'une semi-liberté seulement. Faute de pouvoir le condamner, on l'emprisonne dans son propre quartier, dans sa propre maison.

Quelques étudiants, notamment des jeunes filles, se sont retirés de ses cours sur le conseil de leurs parents, soupçonnant d'avoir devant eux un psychopathe, un meurtrier en série, un personnage de roman noir.

Je me rends compte que ma disparition lui cause beaucoup plus d'inconvénients que d'avantages, que le fait de s'être libéré de moi ne l'aide pas à respirer mieux. Il est nécessaire, il est même urgent que je retrouve ma forme antérieure.

Je ferai cela non seulement pour A., mais aussi pour moi-même. Quand les gens disent en m'apercevant dans la rue : « Tiens, voilà une drôle de chatte », avec exactement la même perplexité et la même gêne avec lesquelles ils commentaient autrefois mon comportement, en chuchotant « Tiens, voilà une drôle de femme », je comprends que je n'appartiendrai jamais au monde des chats, que leur destin m'est indifférent, que je les méprise dans le fond. Tout comme les personnes dans ce quartier, j'éprouverai peut-être plus de tendresse pour ces bêtes, je les humaniserai plus, quand je ne serai plus des leurs.

Et bien que j'aie toujours eu du mal à m'identifier aux habitants de cette ville et aux invités de A., qui ces jours-ci ne sont plus ses amis, ne le fréquentent plus, pensent même lui proposer une éventuelle retraite anticipée, le trouvant trop problématique et « original » dans sa vie privée et aussi dans son travail, je me sens encore concernée par les vicissitudes de ce monde que, du reste, je ne trouve pas bien meilleur que celui des chats.

Je n'arrive pas à me détacher des difficultés concrètes que A. est en train de vivre à cause de mon énigmatique départ. Il vit dans un monde solide constitué de raisonnement, de logique, d'évidences de cause et d'effet, de preuves et de ce qui est prouvable. Et il suffit de manquer une étape dans la chaîne pour que tout se décroche, tout tombe, tout s'effrite. A. est en train de tout perdre. On est en train de le tuer pour un crime qu'il n'a pas commis, pour un crime imaginaire.

32

La nuit dernière était sans lune. J'ai couru à toute vitesse dans la ville, passant d'une ruelle à l'autre. Je sais que je me transforme dans le temps. Quand enfin j'ai ralenti le pas, je me suis trouvée en train de me promener nue, en pleine rue. Heureusement les fenêtres étaient fermées, tout le monde dormait.

Je n'avais pas de clé. Je suis entrée par la fenêtre de la cuisine, assez péniblement parce que le bord de la fenêtre est assez haut et j'ai peu de muscles. Sans faire de bruit et sans allumer de lampes, j'ai trouvé dans la chambre mon pyjama et une couverture, puis je suis descendue me coucher sur le canapé du salon, pour ne pas effrayer A.

Je me suis réveillée très tôt. Dehors il faisait encore noir. Je suis remontée tout doucement dans la chambre prendre mes vêtements laissés sur une chaise. L'idée me plaît de réapparaître dans la même tenue que celle que j'avais portée ce jour-là, précédant le début de mon aventure, tenue que A. avait vaguement aperçue en rentrant du travail, sans y prêter attention, qu'il avait remarquée seulement plus tard, lorsqu'on était venu inspecter la maison, tenue qui lui paraissait familière mais étrange, comme le cadavre d'une personne proche mais déjà irréelle. Je m'habille et m'assois dans le fauteuil. Je suis tout heureuse de pouvoir redresser mon dos et retrouver le confortable appui de ce meuble.

Je pense quitter la maison avant que A. ne se lève. J'ai aussi envie de marcher dans des rues vides, dans l'air frais, et jusqu'au fleuve, d'aller voir le brouillard couvrant les bateaux ancrés là comme depuis toujours, dont on ne perçoit que les silhouettes, d'entendre les rumeurs de la ville monter vers le ciel encore gris, avant le soleil, tel un chant puissant, invincible et durable.

Je dois faire un tour au bureau de l'inspecteur, comme par hasard, pour lui tendre la main et lui prouver que j'étais bien vivante, et lui avouer que je m'entends très bien avec A., que dorénavant nous serons un couple exemplaire. Jamais de ce monde on ne pourrait espérer de bonheur conjugal aussi vrai, aussi complet, me dirai-je, considérant notre vie à deux presque parfaite ces derniers temps. Et tout cela, je suppose, n'est plus le domaine de l'inspecteur et nous ne souhaitons pas le revoir dans nos parages. Je laisserai l'inspecteur sous son choc, émue par ma propre bravoure.

En arrivant dans notre rue, j'irai saluer les garçons de la poissonnerie chaleureusement, ce qu'ils ne comprendront pas. Je ferai un détour si je croise la vétérinaire dont je connais les mains bien fines et leur secrète dureté. En voyant le chat du voisin, je le caresserai bien avec une cordialité vraie et sans condescendance. La patronne de la pâtisserie sera étonnée, mais contente de me revoir, croyant que la vie dans cette rue a recouvré sa normalité entière.

Or je me rends compte qu'il ne faut plus sortir aussi tôt le matin, que cela ne se fait pas, que je dois désormais rectifier mes habitudes, renoncer à mes promenades trop matinales, presque nocturnes, me contenir dans la routine humaine. Et, sans clé, comment puis-je refermer la porte en sortant? Il ne m'est quand même pas possible de passer par la fenêtre encore. Et si je réveille A. aussi tôt, il sera fatigué toute la journée…

Je finis par me rendormir dans mon fauteuil, assommée par la soudaine perspective d'une vie sans simplicité et cependant monotone dans laquelle j'entre à nouveau.

Quand enfin A. descend l'escalier, lentement je me lève et me retourne à demi vers lui. Je voudrais bien m'avancer vers lui, puis me jeter dans ses bras, comme dans un film, mais je n'arrive pas à bouger. Mes jambes sont engourdies. J'ai beaucoup à lui dire, mais je décide de me taire. Nous avons perdu, pour ne pas dire rejeté l'habitude de nous parler.

Nous restons longtemps à nous regarder en silence, lui sur la dernière marche de l'escalier, moi appuyée d'une main au dossier du fauteuil, dans notre maison en ce moment éclairée seulement par une lueur d'aube encore faible, comme dans une scène de retrouvailles non pas de cette vie, mais dans une vie somnambulique, fantomatique où les personnages, à peine réveillés, figés sur place, retenus par une force invisible, et ne pouvant s'approcher l'un de l'autre malgré leurs efforts, écarquillent les yeux et tentent de mieux saisir, à distance, la réalité de l'autre.

CRÉDITS ET REMERCIEMENTS

Les Éditions du Boréal reconnaissent l'aide financière
du gouvernement du Canada par l'entremise du Fonds du livre
du Canada (FLC) pour ses activités d'édition et remercient le Conseil
des Arts du Canada pour son soutien financier.

Les Éditions du Boréal sont inscrites au programme d'aide
aux entreprises du livre et de l'édition spécialisée de la SODEC
et bénéficient du programme de crédit d'impôt pour l'édition
de livres du gouvernement du Québec.

L'auteur remercie le Conseil des Arts du Canada pour son soutien.

Ce livre a été imprimé sur du papier 100 % postconsommation,
traité sans chlore, certifié ÉcoLogo
et fabriqué dans une usine fonctionnant au biogaz.

MISE EN PAGES ET TYPOGRAPHIE :
LES ÉDITIONS DU BORÉAL

ACHEVÉ D'IMPRIMER EN AOÛT 2010
SUR LES PRESSES DE MARQUIS IMPRIMEUR
À CAP-SAINT-IGNACE (QUÉBEC).